Los perros del fin del mundo

ALFAGUARA

Los perros del fin del mundo
© 2012, Homero Aridjis
© De esta edición:
  Santillana Ediciones Generales, S. A. de C. V., 2012
  Av. Río Mixcoac 274, Col. Acacias
  México, 03240, D.F. Teléfono 5420 7530
  www.alfaguara.com/mx

La presente obra se publica en colaboración con
Fundación TV Azteca A. C.
Vereda No. 80, Col. Jardines del Pedregal
C. P. 01900, México, D.F.
www.fundacionazteca.org
Las marcas registradas: Fundación TV Azteca, Proyecto 40 y
Círculo Editorial Azteca se utilizan bajo licencia de:
TV AZTECA S. A. DE C. V. MÉXICO 2012

ISBN: 978-607-11-1704-5

Primera edición: febrero de 2012

© Diseño de cubierta: Eduardo Téllez

Parte de este libro se escribió en la Villa Serbelloni, en
Bellagio, donde el autor fue invitado por la Fundación
Rockefeller.

Impreso en México

Homero Aridjis

Los perros del fin del mundo

A Betty, Chloe y Eva Sofía

Despertará el volcán, se calentarán los mares, los perros bermejos saldrán de las viejas tumbas, los hombres lobo recorrerán la tierra, las mujeres vampiro dominarán la noche, el supramundo será como el inframundo.
José Navaja, nota al pie de página de *Historia General de las Cosas de la Nueva España*

Sobre el puente... un perro de un solo ojo vigilaba un extremo y un gato de un solo ojo el otro... y no dejaban pasar al cielo a nadie que hubiera sido cruel con los gatos y los perros en la tierra.
Superstitions of the Lewis

El portero miraba cómo la piedra en forma de balón venía directo a su cara.
Miguel Medina, *Memorias póstumas del futbolista Horacio Casarín*

Pek corresponde a perro... *Pek* no debe confundirse con *pec*, el ruido del trueno.
J. Eric S. Thompson, *Un comentario al Códice de Dresde. Libro de Jeroglíficos Mayas*

Y la fusilería grabó en la cal / de todas las paredes / de la aldea espectral, / negros y aciagos mapas, / porque en ellos leyese el hijo pródigo / al volver a su umbral / en un anochecer de maleficio / su esperanza deshecha.
Ramón López Velarde, *El retorno maléfico*

Godi, Messico, poi che se' si grande
che per mare e per terra batti l' ali,
e per lo 'nferno tuo nome si spande!
Dante Alighieri, *Inferno*, Canto XXVI

Cuando Xólotl, el dios canino, apareció entre las tumbas con el disco solar sobre la espalda rumbo al inframundo, siete perros xoloitzcuintle salieron a su encuentro. Cada perro parecía custodiar en un sepulcro los restos mortales de su amo.

Cuando el monstruo de pies deformes y manos torcidas aulló en el cementerio, los perros de las colonias cercanas se pusieron a aullar. Y cuando se desvaneció con el sol muerto, los perros se quedaron a husmear entre las fosas.

La Policía Federal había venido a arrojar al Panteón de Dolores los cadáveres, como si los echara al pozo sin fondo de sí mismos; tal vez con la esperanza de que esos conciudadanos indeseables cupieran todos en una fosa común que habían habitado los puercos.

Los perros husmearon sus piernas, sus nalgas, sus manos ensangrentadas. Unos miraban al vacío con ojos desorbitados; otros, deslenguados, tenían el hocico roto. Uno apareció con la cabeza perforada, como si desde una planta alta hubiese recibido una ducha de tiros.

Al capo con dientes de oro, traje italiano, camisa de seda y zapatos Bally, hechos a la medida, además de haber sido rafagueado desde la coronilla hasta los pies le habían atravesado el corazón con una bala de plata; quizás porque sus verdugos temían que resucitara. Su nombre era Legión.

A través de la niebla un can famélico divisó a un criminal de unos quince años, cuyo cuerpo daba la impresión de haber sido aplastado por un camión. Y le lamió la sangre de los cabellos blancos, no por canas, sino por albino, y saboreó la sal de sus facciones maltratadas.

Un esteta de la Policía Federal había puesto chiches de plástico a una mujer desnuda, pues una bestia se los había arrancado a dentelladas. En un arrebato de piedad, el agente de la ley había cubierto con billetes los agujeros causados por las armas de fuego.

Cuando los perros se cansaron de hurgar entre las fosas y de jugar con los huesos, se echaron junto a los sepulcros. ¿Jadeaban abrumados por el hedor-calor nocturno que salía de las tumbas o por la sed de justicia que los había invadido desde el día en que los perreros los habían perseguido hasta las bardas con la intención de dormirlos?

La Luna que blanqueaba sus patas brillaba sobre su piel, suave como muslo de mujer; brillaba sobre los tapetes de ceniza volcánica que iban de la capilla mortuoria hasta los sepulcros, de los hornos crematorios hasta los lotes de los alemanes y los italianos, y de los maestros jubilados.

Desde un mausoleo dos ángeles esqueléticos extendían las manos. Pero no asustaban a los perros sus dedos como cuchillos, sino la sonrisa demente que el lapidario del panteón falló en hacer piadosa y, sobre todo, sus colmillos de mármol.

Al sur de la noche, la Montaña Humeante arrojaba fumarolas y piedras incandescentes, y propagaba estruendos como aplastando ruidos. No lejos corrían los trenes cargados de occisos inminentes, ciudadanos vivos con fecha de caducidad, usuarios del transporte público que avanzaban hacia su destino. Eso mientras la Luna ponía guirnaldas de luz en las paredes de los edificios, esas pajareras de interés social que gente que no vivía en ellas había construido.

Las bardas enmarcaban los lotes donde yacían unos seis millones de habitantes deshabitados. Del otro lado de las bardas se divisaba el Club Hípico, el Lago Menor, la Tercera Sección del Bosque y las casas de una sola planta de la vieja colonia San José Chapultepec.

A esa hora el Panteón Civil de Dolores parecía un Nocturno de Chopin, si era posible que sus inquilinos, que ocupaban unas doscientas hectáreas de terreno, fueran una música quieta, y que sus espectros no continuaran en el inframundo sus disputas del supramundo.

Había un silencio extraño. Cosa rara, los autobuses y los camiones que hacían temblar la Avenida Constituyentes no se oían, como si el *requiescat in pace* del panteón, que se jactaba de ofrecer los servicios funerarios más completos en la zona metropolitana, se impusiera sobre vivos y muertos.

En el perímetro de las tumbas los perros escuchaban. Con los ojos clavados en lo oscuro acechaban la caída ocasional de una hoja, el paso de un roedor de un agujero a otro, el movimiento de una sombra que ningún viento mecía.

Productos de la misma camada, los siete xolos, sin embargo, mostraban diferencias entre sí: una cresta más negra, una transpiración más copiosa en la piel desnuda, un hocico al que le faltaban dientes, una cola más corta.

Nadie sabía desde cuándo estaban en el cementerio. Nadie sabía si desde antes de que la Montaña Humeante comenzase a hacer erupción o desde el día en que los del antirrábico desalojaron a los perros callejeros que solían nacer, crecer y parir entre las tumbas para eliminarlos.

Como corría la brisa, no se notaba tanto el jadear. Como corría la brisa vestida de lluvia las crestas de los xolos parecían acostarse. Del horno crematorio salía el olor dulzón de la carne quemada con una brisa en la que, como en una balaustrada, un hombre hubiese podido apoyar su melancolía.

Un perro panzón, como aquellos que los mexicanos solían comer ritualmente, con la cara escondida detrás de una máscara humana, sacaba filo a sus uñas… Mas en el momento en que una fumarola atravesó la noche, los perros, extrañados por su propia negrura, comenzaron a aullar.

Los perros del fin del mundo

1. José Navaja

La ciudad se llenó de perros, ¿de dónde habrán salido tantos?, pensaba José Navaja, parado en su azotea entre un tinaco sin agua y una enorme jaula vacía, donde una guacamaya roja pasó años de lluvias, calores y vientos hasta que murió de inanición. Vivía en la calle de Bugambilia. Su casa estaba a las orillas de un conjunto habitacional de estilo colonial hechizo que daba a conjuntos estilo colonial hechizo, y las viviendas parecían senos blancos, no colinas, como pretendían sus constructores.

El mirador de José se mantenía por encima del neblumo, y aunque la mayor parte del año no podía ver los volcanes, podía, sin embargo, contar las pajareras de concreto y vidrio de interés social que había hecho el último gobierno de la ciudad. Doce pisos en aquel bodrio de ladrillos, once en aquella torre blanca con el anuncio de una modelo mulata en ropa interior, nueve en ese edificio de oficinas, veinticinco en la mole a la derecha. Sesenta y cinco en total.

La cabeza de José parecía una corona de llamas blancas por su reluctancia a cortarse el pelo, pues cada vez que iba a la peluquería lo dejaban como militar del Estado Mayor Presidencial. Sus ojos detrás de las gafas daban la impresión de ser carbones enjaulados, y sus labios, cecina amoratada. Enjuto de carnes, de estatura regular, en la cara tenía marcado el desvelo como un músico que toca cada noche el instrumento de viento de la infelicidad.

La vida de José Navaja era un chorizo de exes. Ex colegial del Instituto Soto de Toluca, cuyo director, un albino, era su maestro de Matemáticas. Ex alumno de la Escuela de Periodismo Carlos Septién García, donde un profesor escuálido de rostro ceroso le había predicado el nazismo, pero no enseñado periodismo. Ex jugador de ajedrez en la Casa del Lago, cuando la dirigía el saltador de escaques Juan José Arreola, quien, perdedor empedernido, se daba jaque mate a sí mismo. Ex novio de una bailarina del Ballet Folklórico Nacional, quien después de los ensayos se acostaba con todos, menos con él. Ex amante de la doctora en sueños eróticos Leticia González y González, una secretaria que le dio visa a Oswald para viajar a Cuba antes del asesinato de Kennedy, y la CIA la arrestó como conspiradora. Ex miembro poco notable de la generación del Café Tirol, establecimiento en la calle de Hamburgo casi esquina con Génova que regenteaba la napolitana Paola, quien solía vestir a la mesera Margarita con traje de tirolesa. Allí un anochecer un estudiante de Filosofía le dio una patada en la espinilla al pintor DAS por haber atentado contra la vida de LT. Al Tirol iba el director de teatro Juan Ibáñez a buscar actrices de buen cuerpo para hacer de la Malinche en *Moctezuma*. Allí también iba el cineasta Luis Buñuel a pararse delante de la vidriera con su cara de máscara de tigre de danza de Oaxaca, pero no entraba, nada más miraba hacia dentro y se marchaba. Allá pasaban las noches los hijos de los republicanos españoles discutiendo sobre Francisco Franco, si era corrupto o no, y sobre Luis Cernuda, si era un buen poeta homosexual o solamente un homosexual. Todo eso, polvos de aquellos lodos; o, mejor dicho, crepúsculos al mediodía. Porque el crepúsculo serio aconteció cuando supo que a Lucas lo habían matado en un antro en Acapulco —dígase A-ka-pul-co, "en donde está la gran culebra del agua"—. Pero no era cierto, su hermano andaba en Cuernavaca del brazo de una mujer casada. En rápida sucesión, en los años setentas y ochentas, José Navaja fue ex secretario particular de un empresario de supermercados, más hampón que empresario, ex vigilante en jefe de las bodegas del Instituto Nacional de Antropología e Historia, ex vocero del Comité Nacional Contra los Feminicidios y Otros Delitos Contra Mujeres Rurales y Niñas Pobres en el D.F. y Anexas, ex activista en defensa de las tortugas marinas, los delfines y las mariposas; ex redactor de las campañas publicitarias de la Riviera Maya para la Secretaría de Turismo, en cuya oficina 1212, que el sol de la tarde convertía en sauna, había pasado cinco años apoltronado en un sillón ideal para la larga siesta de la senilidad, con la ventaja de que desde las ventanas de ese inmueble construido sobre una estación del Metro, idóneo para la muerte sedentaria pues en caso de terremoto caería con todo y silla sobre las vías del tren, podía ver el Iztac Cíhuatl cuando lo permitía la contaminación. Hasta que después de su carrera de funcionario fue viajero frecuente del Sistema de Transporte Colectivo con credencial de ciudadano de la Tercera Edad, aunque a los 66 años se sentía de 16. Por ese tiempo descubrió que existía la próstata y se pasó mil noches con los ojos abiertos y la boca seca entre beber té de manzanilla y orinar, beber té de menta y orinar, beber té de hinojo y orinar. Excepto cuando su organismo parecía una ducha de mano con la roseta cerrada. Pero considerados todos los exes de su historial, llegó a creer que el tiempo más feliz de su vida laboral había sido la contemplación del cuerpo pétreo de la Mujer Dormida, en especial del Pecho, su cima más alta, y de su Vagina lunar, su parte más profunda. La frase de un fotógrafo aún lo motivaba: "¡Parece que la Volcana duerme, pero resuella y se mueve!".

—El terremoto devastador que anunciaron los científicos en 1985 es inminente —José Navaja contempló con desdén la tarde urbana, visualizaba los efectos del desastre por venir: calles aplanadas, coches comprimidos, cucarachas trituradas, lluvia de piedras, serpientes emplumadas bajando por las escaleras de iglesias y templos en ruinas. Camino del futuro andaba entre fantasmas, pulgas humanas y alacranes en dos patas; mujeres sentadas en el inodoro se alzaban el vestido mientras fumaban un cigarrillo. Martha Valencia, su vecina, no estaba mal, sobre todo cuando mostraba la flor perecedera de su sexo en el abandono divino de su naturaleza.

La calle La Escondida era un copuladero, sus banquetas frías parecían calentadas por las miradas libidinosas de los parroquianos. En el club Solid Flesh el reventón era continuo, buchonas semidesnudas bailaban con buchones trajeados, ambos con la muerte en las pestañas y los labios untados con polvo blanco mientras la muerte vestida de policía acechaba.

—Oh, escribió el santo, a la caída de la tarde todos seremos examinados en el amor —se estaba consolando José cuando previó legiones de mosquitos diseminándose por los cristales, los muros y los techos de su casa. Parecían monstruitos con alas transparentes, patas largas y aparato bucal. Al atardecer ya visionaba esos Dráculas diminutos atacando su cara, su cuello y sus manos con trompas y aguijones finales, sin importar que pusiera la sábana de escudo—. Serán doscientos chupadores de sangre, si cuento los que el espejo refleja.

José bajó por la escalera de piedra. Un hombre notificó por radio:

"En la ciudad no hay agua, las pantallas de los televisores están cubiertas de nieve y los automovilistas han enfundado sus coches para que la ceniza no les dañe la carrocería. El Centro Nacional de Prevención de Desastres informa que el volcán Popocatépetl ha registrado trescientas exhalaciones de moderada intensidad en las últimas veinticuatro horas acompañadas de vapor de agua, gas y cenizas, y treinta minutos de tremor armónico de amplitud variable. En las próximas horas se espera mayor actividad."

2. Los obituarios

Ocho calles estrechas desembocaban en la avenida. El chorizo de coches parecía un animal enjaulado y los ruidos confluían hacia la plaza, donde alcanzaban el estrépito perfecto.

EL TELEGRAMA

Era el letrero que José Navaja veía desde su azotea todas las mañanas. La vieja oficina de correos y telégrafos nacionales era su café, y en una mesa de la terraza a menudo se había encontrado con Alicia durante su vida de soltero y de casado. No sólo eso, ahora difunta, de regreso a casa solía platicarle a una foto suya que tenía sobre una cómoda.

—¿Sabes, Alis? Tu marido tiene que completar su precaria pensión escribiendo obituarios para *El León del Bajío*, un diario de Guanajuato, cuyo director, Bivio Rosales, comparte conmigo su entusiasmo por la necrofilia.

Tumbas de palabras se llamaba la columna de José y el archivo en el que guardaba las semblanzas de muertos sobre los que había escrito y de vivos sobre los que escribiría. "¿A qué político hay que enterrar bajo una lápida de vocablos que parezca una lapidación?", le preguntaba a Bivio, un ex compañero de la Carlos Septién García, que era jefe de la sección de Sociales y Espectáculos, porque los muertos en León aparecían entre las notas de bodas, fiestas de quince años y notas sobre conciertos en la Plaza de Toros.

Como en los asuntos de la muerte José era muy meticuloso, solía actualizar los obituarios preescritos sobre los personajes aún vivos, de manera que pudiese enviarlos completos cuando aconteciera el deceso. Los enriquecía periódicamente con toques personales (imaginarios o exagerados) y hurgaba en sitios de internet sobre sus actividades profesionales y personales para ver si en el desempeño de un puesto público no había cometido fraudes o había tenido periodos de adicciones al alcohol o a las drogas, delirios de persecución, tics o manías. Y hasta buscaba tener la oportunidad de entrevistarse con él o ella para enriquecer la semblanza.

—Qué grata sorpresa sería encontrar mi nombre impreso con letra menuda en las listas de los difuntos de ayer y estar vivo para leerlo, como si mi obituario preescrito hubiese sido publicado prematuramente —Navaja sacó de su chaqueta papeles con nombres subrayados con líneas de colores: Carlos, Cecilia, Patricia, Felipe, Consuelo. Como quien revisa las altas y las bajas de las acciones de la bolsa referentes a metales, energía eólica y hojas de afeitar, se puso a leer sobre las defunciones recientes—. No sólo es estimulante hallar en las necrológicas a gente famosa, amiga o enemiga, sino también a gente ordinaria... como yo. Desde que murió Alis me pregunto cuánta gente se ha muerto sin que me entere. Y sin saber siquiera que vivía en este mundo. Una noche de insomnio, espulgando mi agenda, quisiera redactar los obituarios de todos los miembros del Club del Prójimo Abominable hasta que mi corazón deje de latir por tanta excitación.

—¿En qué se parecen Rosaura, Roberta y Raimundo? —José se puso a llenar las casillas en blanco de un crucigrama con las letras de los nombres de los occisos del mes y de la muerte probable de su hermano Lucas—. En que los nombres encajan bien con las palabras relativas a la muerte. Para esos ejercicios hay una palabra en común de cuatro letras: *Mors*.

—La familia tal... La sociedad Fulana... manifiesta su profundo pesar por el sensible fallecimiento de... Ese no es un obituario —clamó José—. Los obituarios deben ser póstumos y objetivos. Y optimistas, con la posibilidad de arrancar una sonrisa al mórbido lector. No deben ser prematuros, uno tiene que cuidar que no se publique el recuento de la vida de un hombre antes de que fallezca. Qué broma pesada se le jugaría a un señor o a una señora: ¡la de que una mañana lea en un diario sobre su muerte con lujo de detalles! Piensen en la reacción de parientes, conocidos y amigos. Debe haber disciplina para que las necrológicas sólo aparezcan después del fallecimiento del sujeto. Si se juega una broma macabra a alguien, no sería remoto que la Madre Muerte haga que el obituador se muera antes que el obituado. Calma, señores redactores, la oportunidad es la medida de todas las cosas, si llegan a ver sobre el cuerpo de un posible obituado su fantasma, como si fuese un difunto, la publicación está cerca.

—Soy Stefano Martínez, ando vendiendo las joyas de mi madre Ana Pirelli —José corrió a contestar el teléfono, y mientras la voz del huérfano de sesenta años hablaba él se figuró el rostro de la artista de broches solares.

—Si busca a José Navaja, no estoy —colgó José.

Volvió a sonar el teléfono. Se apresuró a contestar. Como nadie dijo nada, pensó: "Será una de esas llamadas nocturnas para hostigar o para extorsionar", y colgó. Pero llamaron otra vez. Una mujer preguntó:

—¿Quién habla?

—¿Con quién quiere hablar?

—Hablamos de Teléfonos de México, se acaba usted de ganar cien mil pesos en una promoción especial. Sólo queremos verificar sus datos. ¿Puede decirme su nombre completo?

—Carlos Téllez Díaz.

—Hijo de la chingada, tenemos a tu hermana, si no pagas el rescate la matamos —la voz de un truhán sonó en los oídos de José como un pistoletazo.

—¿De veras? No tengo hermana.

—Vas a escuchar sus gritos, cabrón.

—Hermano, me van a cortar los dedos, las orejas, la nariz, los pechos, paga el rescate, por favor —chilló una mujer en el teléfono.

—Que te los corten, hermana, nos vemos en la morgue.

3. El inframundo

Desde su ventana José vio a Martha Valencia acostada en su cama. Martha Valencia era muy púdica, tenía el vestido alzado hasta los senos y el sexo descubierto, pero se había dejado las botas y una cinta sobre la frente. Como un crítico de arte que examina un desnudo, la miró a sus anchas unos minutos, hasta que ella lo miró mirarla, y él se escabulló de la ventana.

—Buenas noches, José —al bajar, Martha lo interceptó en el patio.

—Buenas noches, Martha.

—Tiempo sin vernos, José.

—Algunas semanas.

—Dime, vecino, ¿cuántos fulanos se murieron hoy?

—Cinco, Martha.

—¿Cinco? Son pocos para esta época del año.

—El mes no ha acabado todavía, faltan unos días.

—¿Algún conocido?

—Mengano.

—¿Alguien en coma?

—Fulano.

—Te pregunto de nuevo, entre los occisos ¿hay uno digno de mención?

—Uno.

—¿Quién?

—El presidente de la República.

—Ese sí es un difunto gordo.

—Por su peso político.

—¿Cuántas propiedades, amantes, inversiones heredó a sus hijos?

—La lista es larga, Martha, otro día te cuento.

—He oído que la ciudad se llenó de perros.

—De perros bermejos, como mi xolo.

—¿Qué significa xolo?

—Su nombre viene de Xólotl, "el numen de cabeza de perro". Es el dios que camina con el Sol, y con él se hunde en el Oeste.

—¿Cuándo vendrá?

—Anda por aquí.

—Una pregunta, ¿de dónde vienen y adónde van los perros callejeros?

—Vienen del inframundo y van al inframundo.

—¿A cuál inframundo, José, dónde está ese lugar que no conozco?

—Martha, esta noche al acostarte, cuídate: el inframundo puede estar debajo de tu cama.

—De los que tengo que cuidarme es de los perros en dos patas que andan por la ciudad.

—Martha, si cuando me muera se acercan a mi cadáver dos perros, uno blanco y otro negro, aléjalos, porque sólo el perro bermejo puede pasarme por el río de la muerte.

—¿Vas a bajar al infierno?

—El inframundo no es un infierno tradicional, es una región inferior a la medida del hombre; los infiernos cambian según la época y según el hombre. También debo aclararte que el infierno no es obra de Dios ni del Diablo, que el hombre crea su propio infierno, y cada hombre tiene el infierno que se merece.

—Pero no me has dicho, José, ¿dónde está tu inframundo?

—El inframundo no está aquí ni allá, arriba o abajo, el inframundo vive dentro de nosotros. Capté la señal.

—¿Cuál señal?

—La del evento.

—¿Cuál evento?

—El fin del mundo. Si no de todo el mundo, el fin de mi mundo.

—Qué cosas dices, José.

—Lo creas o no, Martha, tú y yo iremos a la Región de los Descarnados.

—Estoy lista, José, para hacer el amor contigo cuando quieras, donde quieras y como quieras.

—¿Perro incluido?

—Hasta con tu perro.

4. Los perros

Ese martes las nubes estaban ribeteadas de gris y por la tarde comenzó a llover. Y llovió tanto que parecía que diciembre deseaba devolvernos a julio. Tapadas las alcantarillas con cenizas y basura, las calles se encharcaron y una cuadrilla de trabajadores tuvo que limpiarlas. Mas apenas había pasado la lluvia, las erupciones volcánicas dieron la impresión de detonar perros, arrojar al mundo camadas de xolos.

—¿Te has fijado, José? Hoy hay más perros en la ciudad, seguro que las perras parieron durante la noche —Martha Valencia, los senos bailándole debajo de la blusa verde limón como si tuviesen vida aparte, había venido a tocarle a la puerta, quizás como pretexto para verlo.

—No he salido a la calle, Martha, me estaba rasurando.

—Los noticieros hablan de una plaga de canes. Oye nada más: "Vecinos de cinco delegaciones han reportado manadas de perros xoloitzcuintles saliendo de las tumbas de los cementerios y de las estaciones del metro. Los cánidos no tienen pelo, son grises como nubes o blancos con manchas negras alrededor del ojo. Algunos tienen garras de zopilote, las orejas cortadas y la lengua roja". Dime, José, ¿crees que la presencia de xolos en esta época del año signifique el fin del Quinto Sol o sólo negligencia de las brigadas antirrábicas?

—Cómprate un xolo.

—Anoche se atoró uno en mi chimenea. No le di importancia, pero en la mañana estaba del otro lado de la ventana, temblando de frío.

—A lo mejor no era un xolo, a lo mejor eran las ráfagas de ceniza que está arrojando el volcán y las viste como a un perro.

—Sí era perro, color ceniza, babeó los vidrios. Salí a buscarlo al jardín, pistola en mano.

—¿Sabes tirar?

—Una vez maté a un gato que se cagó en mi cuarto.

—¿Matarás al xolo al amanecer?

—Oh, no, antes que eso, tengo miedo de que se me eche encima, una vez un rottweiler trató de arrancarme un brazo. Algo me dice que los perros huelen los terremotos.

—Con el Popo en actividad, no sería raro que tuviésemos uno.

—Tengo en la recámara una mesa para meterme debajo de ella.

—Yo apuntalé paredes y puertas.

—Sigo en lo dicho, José.

—¿En qué cosa, Martha?

—En que seré tuya donde quieras, cuando quieras y como quieras.

—Agradezco tu ofrecimiento, cuando el deseo disponga te visitaré.

—Estoy para servirte, no importa la hora ni el día.

—Eres muy amable, Martha, voy a seguir enmarcando unas fotos.

—¿De tus parientes?

—De mis perros.

—¿No te bastan las que ya tienes en el comedor?

—Quiero poner un retrato de mi perro en la recámara.

—Necrofilia canina.

—Tal vez.

Cuando se despidió de Martha Valencia, José, encerrado en su cuarto, oyó un rasguño del otro lado de la puerta. Se preguntó quién podía ser a esas horas de la noche. Si bien sabía que manadas de lobos humanos andaban sueltos en la zona metropolitana, también sabía que los lobos humanos no tocan a la puerta. Al menos los lobos de su vecindario. Pero los rasguños se volvieron tan fuertes que acabó abriendo la puerta. Allí estaba el xolo que había visto desde la azotea.

—¡Pek! ¡Pek!

—Tzi, tzi, tzi.

5. Si todos los días se acaba el mundo, ¿cuántos mundos se acabarán conmigo?

En EL TELEGRAMA no había nadie. Pues si sus amigos no estaban, en el café no había nadie. Los desconocidos no contaban. Ese día José no tenía ganas de leer el periódico, porque si el periódico no traía información sobre la muerte de un conocido no traía nada. Y como las fotos de presidentes, empresarios, deportistas, cantantes y señoras de sociedad le aburrían, tiró a la basura el diario. Mejor ver a la gente con la cara cubierta por una máscara antigases para protegerse de las cenizas o fumando a través del tapabocas. O con gafas sobre la máscara. O tosiendo nubes grises. Eso le divertía, sobre todo porque él no llevaba tapabocas ni máscara antigases. No importa que los medios, por todas las vertientes del ruido, recomendaran a los ciudadanos cuidar sus vías respiratorias.

La mesera que solía atenderlo no estaba. Y aunque estaba una mesera de tersa piel morena, con ojos calmos y caderas anchas como su prima, concluyó que no había meseras. Pensando en aquella vez que se había encontrado con ella en un cine, y al verla levantarse de la butaca la había seguido con disimulo hasta el baño de mujeres, y ella lo había invitado a entrar, sintió ganas de verla en el mismo cine, la misma vez. Pero se dirigió al mostrador a pedir un café al patrón, cuya calvicie era casi obscena, pues al juntársele el cráneo con la cara parecía un pene. Lo miró con morbo, como las clientas solían mirarlo.

—Qué duro está el sol, que sus rayos hieren la vista a través de las gafas negras —José se sentó a la orilla de la terraza. Hasta que un radio prendido en el interior de un coche estacionado a unos metros de distancia lo hartó de anuncios y fue a apagarlo. En la pared de una clínica veterinaria estaba un perro pintado. Con la cabeza mosqueada, los ojos llorosos, las orejas caídas, la lengua de fuera, la panza como una bolsa con estrellas, las patas y las manos vendadas, el animal era una imagen de la desgracia.

SI TU PERRO SE SIENTE MAL
L
L
E
V
A
L
O
A
SERVI-CAN

—Más de un cuerdo me creerá loco, porque en lugar de ocuparme de la elevación general de los precios y de la inflación de los diputados en la vida nacional, en cada persona veo a un fantasma. Más que los éxitos de los políticos, los deportistas y los empresarios me interesa su muerte —José retornó a la mesa, cogió el periódico de la silla—. Saber cómo muere la gente en un país es tan importante como saber cómo se casa o se hace rica.

"El sujeto apodado 'El 12', que ordenó la masacre de jóvenes en una fiesta en Ciudad Juárez, está muerto, reportaba un diario. El jefe del grupo criminal mandó a sus sicarios que dispararan 'a todos parejo'."

Otro periódico informaba: "Hallan a un muerto dentro de un auto en el drenaje profundo. El chofer recibió doscientos disparos. Los homicidas que lo ultimaron querían pretender que murió ahogado."

Uno más decía: "El perro monstruoso llamado Xólotl, creado por Mictlantecuhtli el Señor de los Muertos, fue visto en Xibalbá a una profundidad de cien metros. Iba por una calzada rumbo a Chichén Itza. Al ser llamado por su nombre, la criatura con hocico de perro desapareció en el laberinto de cenotes que conforman el inframundo maya. En los últimos tiempos esta cueva ha sido utilizada por grupos delictivos como un cementerio clandestino."

—Los redactores de las necrológicas son tan parcos en proporcionar detalles personales que da la impresión de que los difuntos no tuvieron personalidad propia. Deberían hacer más uso de los verbos de la muerte. Hay maneras distintas de morir. Por ejemplo, no es lo mismo morirse en un hospital que caerse de una azotea o ser acribillado en un téibol o caer de cabeza al drenaje profundo. Hay diferencias entre decir "privar de la vida" y "arrancar la vida", "quedarse exánime" y "desangrarse en un accidente", "sufrir una muerte cruenta" y "ser sofocado con una bolsa de plástico en la cabeza". Durante los fines de semana y los periodos vacacionales, cuando la ciudad se vacía, qué gusto da entretenerse con la nomenclatura de la muerte, buscar en las letras diminutas de un diario un nombre —al oír pisadas, desde la mesa José exclamó: —¡Pek!

Perro y amo se miraron como si fuese la primera vez que se veían. O como si fuesen figuras extraterrestres reencontradas en un paisaje terrestre. El xolo, con su pelambre descolorido y sus patas engarruñadas, parecía haber pasado mucho tiempo en una tumba.

—Sin Alis en casa, no sé que voy a hacer contigo —murmuró José, como si no quisiera que los parroquianos lo oyeran.

El perro guardó silencio.

—Cuando Alis me preguntó si no quería casarme con ella, le dije que no tenía objeción. Y cuando propuso que fuera la semana siguiente, le dije por qué no. Nos casó un monje benedictino en una iglesia cerca de Cuernavaca, y como viaje de bodas nos fuimos caminando por las milpas, con paraguas para protegernos del sol.

Pek lo miró con ojos abajados.

—Alicia murió después de una visita a la roca blanca de San Blas. Según los huicholes, esa roca fue el primer objeto sólido del mundo.

—Soy un perro fiel de mantener.

—Pek, querrás decir *fácil* de mantener.

—*Fiel*.

—Me acuerdo del día en que llegaste a casa, eras el cachorro más lúdico del mundo, y el más extraño, con esa cresta negra sobre la frente. Alis puso un tapete en el baño para que te echaras. Chillaste toda la noche.

—Desde ese momento fui tu sombra.

—La sombra de Alis.

—Ella fue una gran cocinera, cuando hacía burritos de papa y frijoles muy afable me decía: "Ora carnal, ¿no tienes hambre?". Cuando me veía jadeante, me llamaba: "A ver... carnal, ¿no quieres agua?". Hasta en los últimos días de su padecimiento, me consentía: "Mira Pek, dispénsame, me voy a dormir, vete a dar una vuelta a ver si agarras pareja".

—El día que Alis se durmió estaba feliz. "Uno, dos, tres, ¿Alis se va a morir?", preguntaba jugando. "Alis va a revivir", insistía yo, "en la roca blanca de San Blas" —motivado por los recuerdos, José se ablandó.

—Si Alis se fue, no seré un problema. Cuéntame, cómo va tu vida desde entonces, ¿vives tranquilo?

—No mal, sólo una cosa me molesta, la desaparición de mi hermano Lucas, me he propuesto encontrarlo.

—¿Y Alis?, ¿la has dejado atrás?

—Anoche soñé con ella. Estaba en el fondo de un pozo, con la cabeza alargada, las orejas tiesas y las patas debajo del cuerpo como un perro. Cuando bajé para ayudarla me dio ganchos verbales al ego, no sé por qué estaba enojada conmigo.

—Mira allí —Pek señaló con la pata un periódico tirado en el suelo.

"José Navaja, considerado uno de los mejores artistas del trapecio del siglo, falleció hoy a los 92 años de edad. Fue un gran acróbata hasta su jubilación hace dos décadas. En sus actuaciones no usaba red de seguridad porque creía que su nagual, un perro xolo, lo protegía."

—El diario miente. El que escribió esa nota está equivocado, nunca fui cirquero —José se indignó al leer su nombre en la necrológica—. Iré al periódico a quejarme, diré que no se trata de este José Navaja sino de un homónimo. Eso haremos, vamos a la redacción.

—No hay de qué afligirse, todos los días hay muertes verdaderas y muertes espurias, al final da lo mismo —José creyó que dijo Pek.

—Sátrapas, tiraron un chicle en la banqueta y se me pegó en el zapato. En otras ciudades del mundo los sátrapas están en el gobierno, pero aquí andan tirando chicles en las banquetas. Tengo que quitármelo, qué asco. Mira, Pek, ese árbol con chicles pegados en su tronco parece condecorado. En la parte inferior de la jardinera la delegación advierte:

TIRAR CHICLES EN LA VÍA PÚBLICA
ES MALA EDUCACIÓN.
RETIRAR CHICLES ES MÁS CARO QUE
COMPRAR NUEVOS.

—Protección, págame protección, si no te lleva el tren —un ladrón con piel vellosa y anillos negros en las manos le cerró el paso. Con cara alargada y puntiaguda, y pequeños dientes afilados, parecía un tlacuache.

—Protección de qué.

—Contra la muerte súbita.

—Toma —José sacó de un bolsillo un boleto de metro y se lo dio.

—¿Es todo lo que vales? —el asaltante tiró el cartoncillo a la banqueta.

—En vísperas de mis funerales, pagar protección es un chiste cruel.

—Puedes sufrir muerte exprés. A ti y a tu perro se los va a llevar el tren.

—La muerte exprés no está mal, no se sufre —Navaja echó a andar.

—Ya verás.

—Si todos los días se acaba el mundo, ¿cuántos mundos se acabarán conmigo? —José le dio la espalda y se fue hablando solo.

6. Retrato de un perro de ultratumba

—El xolo parece salido de una tumba azteca. Qué perro tan extraño, ¿cuándo lo adquiriste, José? —Martha Valencia lo interceptó en el patio.

—No lo adquirí, él me adquirió.

—¿Cómo?

—No lo puedo explicar.

—¿Tu perro es erótico?

—¿Por qué?

—Lo vi esta mañana en la plaza de la Conchita clavándole el hocico a una mujer en el trasero.

—*Cave canem*, cuidado con el perro.

—¿Es viejo o joven? Parece sin edad.

—Tiene sus añitos.

—¿Cuántos?

—¿Veinte? ¿Ochenta? No sabría decirte, es viejo como la luna y joven como el día. Seguro tiene siete vidas.

—No me digas.

—No te digo —José se dirigió a su cuarto. En ese momento lamentaba no haber hecho nunca el obituario de Pek por ignorar la fecha de su nacimiento y sólo recordar la de su "resurrección". También le frustraba no haber podido hacer el de su hermano Lucas por no saber si estaba vivo o muerto. Tenía presente el sábado en que había comprado a Pek a un vendedor que se ponía debajo de un puente en el sur de la ciudad. Lo acaba de recoger de un vagabundo recién fallecido en la calle. La ambulancia se lo llevaba. La policía de tránsito no sabía si había sido un accidente, pero el vagabundo estaba muerto: había querido ganarle el paso a los coches.

"¿Qué traes allí?", le preguntó Alis cuando llegó a casa.

"Un xolo".

"Ponlo en la cocina, te va a orinar".

"Ya me orinó".

"Chillará toda la noche".

"Ya chilló en el coche todo el camino. Cada vez que oía la sirena de una ambulancia se ponía a aullar".

"¿Por qué?".

"Tal vez relaciona el paso de una ambulancia con la muerte de su amo".

—Martha Valencia me hace reproches, ¿con qué derecho? —José, delante del espejo veía su reflejo como si fuese el de otro hombre, el del vagabundo tirado sobre el pavimento con los dientes apretados—. Lo que más me molesta es que en los parques y en las entradas del Metro, la gente mire a Pek como a una criatura extraña, y se sorprenda de verlo andar con esa ligereza suya que parece que va volando sobre el suelo.

"Pastores alemanes, labradores, pequineses, malteses, chihuahuas se comportan en la calle amistosamente hasta que no disputan por un hueso, una perra o un pedazo de carne, entonces muestran lo que son. Así los hombres. Entre más tienen más quieren, entre más se les da de comer más tratan de engullir las manos que los alimentan. Solitarios o en grupo, negruzcos, amarillentos o blancos siempre están listos para el ataque, para pelar los dientes. Pek es otra cosa. Un ejemplo, la tarde del domingo en el parque, cuando el niño autista estaba parado en la colina, Pek corrió hacia él. ¿Qué vio? ¿Qué olió? No sé, porque cuando la madre del niño asustada lo ahuyentó, él regresó. ¿Por qué? El niño era autista y salió de sí mismo para jugar con él. ¿Qué comunicación hubo entre ellos?"

José se dirigió a la cocina. Se habló a sí mismo:

—Con la "resurrección" de Pek han vuelto los cuidados a mi vida. Los gastos, los desvelos, los quehaceres. He tenido que reacomodar los muebles para crearle un ambiente propicio. Más perruno, digamos. Y he debido buscar en el tapanco su tapete viejo para que duerma. Pek es el tipo de perro que no sólo es de uno durante la vida, sino en la muerte. Y hasta el inframundo. Esos vínculos entre amo y mascota nadie los puede deshacer.

"Antes de la llegada de ese animal pensaba en otras cosas, pero, ¿quién en el mundo puede mensurar el efecto que ejerce en una persona una criatura semejante? Simplemente ha transformado mis hábitos de un día para otro, su rutina es la mía. En principio, debo ocuparme en su mantenimiento, en la compra de alimentos y huesos; en darle de comer en su viejo plato; en sacarlo a pasear; en llevarlo al veterinario, y hasta en buscarle pareja, si es que no lo castraron en el otro mundo."

José subió a la terraza, seguido por Pek; vio las fumarolas del Popo:

—En el parque converso con mujeres desconocidas sobre las grandezas y miserias de los xolos; contesto a sus preguntas, sobre si son friolentos o sexys, y lo defiendo cuando la gente dice que es desagradable y feo.

"Lo que más me desagrada de él es que al alba, todavía a oscuras, se suba a la cama y me lama los ojos para despertarme. 'Pek, bájate', le digo. Pero cuando baja tengo la impresión de que no salta del lecho al piso, sino sobre el abismo de sí mismo."

"No sé cómo tratarlo. Si como a perro viejo o como a cachorro añoso, como a un resucitado o como a una criatura sobrenatural. Tardes hay en que Pek, embargado por la tristeza, desea volver al inframundo. Quizás por tres razones. Una, para estar con los xolos de su especie. Dos, para aparearse con una xola. Tres, para que yo sienta lo que es perderlo para siempre, considerando que su fuga será una segunda muerte."

EL TELEGRAMA. José vio el letrero de la vieja oficina de correos y telégrafos que era su café; se imaginó sentado a una mesa con Alicia. La imagen se desvaneció, la mesa quedó en la terraza sin nadie.

—Según el mito, los dientes de estos perros monstruosos fueron afilados al fuego del relámpago, y el rayo que raya la tierra marcó su camino al inframundo. Con la ayuda de un xolo uno puede atravesar la red de túneles, desiertos y montañas de los ocho pasos. Pero sólo los perros bermejos tienen capacidad para atravesar el espíritu del amo por el río de la muerte, sólo ellos pueden depositarlo en el noveno infierno del drenaje profundo, el Mictlán.

"Lo que retiene a Pek a mi lado es su lealtad. Tengo la convicción de que no es de nadie, sino de José Navaja. No sólo en la vida, sino en la muerte. No obstante que hay noches en que al sorprenderlo dormido con la cabeza sobre mis zapatos, al abrir los ojos no me reconoce, y hasta me gruñe."

"Quisiera hablar con él sobre algo que nos concierne a ambos. Pero no me hará caso, después de hablarle en español, inglés, maya y náhuatl no entiende nada. Ni del pasado ni del presente ni de nada de nada, solamente reacciona al nombre de Alis. O algo relativo a ella. O en verdad está sordo a las cosas de este mundo."

Delante de las fumarolas que parecían emerger de la contaminación, no del volcán, José recordó un mito sobre el día en que el Popocatépetl se marchó a la guerra, y al oír rumores falsos sobre su muerte, su amada Iztac Cíhuatl se murió de pena. Cuando él regresó, después de levantar un monte cerca de su tumba, se sentó y se fumó un cigarrillo.

—En la calle, el mal olor de ciertas personas despierta a Pek de su letargo de ultratumba. Los hedores humanos le inspiran una furia inexplicable, como si el desaseo ajeno ofendiese su olfato.

"Otra cosa que lo excita es toparse con una perra en celo en la plaza de la Conchita. No importa que la hembra sea de otra raza o demasiado pequeña o grande para él y, en caso de ayuntamiento, tenga que ayudársele para que se le monte."

"Tengo muy presente la primera noche que Pek pasó en casa: durmió sobre unos periódicos viejos, no porque yo se los hubiese puesto de cama, sino porque él los escogió, tal vez con el propósito oculto de asimilar por ósmosis las noticias de los últimos años. Los orinó. Por un sentido crítico de la sociedad de nuestro tiempo, pues las fotos de ciertos personajes públicos le inspiran ganas de mear y defecar sobre ellos."

7. Retrato de la ciudad como un abismo horizontal

El taxi amarillo quería atropellarlos. Pasó delante de ellos quemando llanta. Pero los perros se dispersaron. Sólo por unos minutos, porque después se reunieron de nuevo en otras calles. El taxi regresó y se paró en una esquina. El chofer los observó con expresión maligna. José se preguntó el porqué de su conducta, tal vez se trataba de un intento de secuestro. En la ciudad había bandas que plagiaban perros. El taxista miraba a Pek extrañamente.

—Aire. Aire —dijo el taxi.

—¿Un taxi que habla? —se preguntó José. Mas como la voz no venía del automóvil, sino del cofre, y sonaba a secuestrado, pensó: Con que no sea Lucas.

—¿Lo llevo, señor?

—Caminaré.

—¿Por dónde va?

—No le voy a decir.

Cuando el taxista arrancó, José se quedó pensando en la persona que se asfixiaba en el cofre, si sería hombre o mujer, joven o vieja, de clase media o proletaria. Tantas caras, tantos cuerpos podían caber en esa persona.

—No acepto perros, se orinan en el asiento —el taxista estaba de vuelta—. Y si los acepto van atrás. El cofre es amplio, tiene capacidad para dos maletas grandes. Y para un plagiado, dependiendo de su tamaño —el conductor abrió el cofre. En el interior, entre las herramientas y una llanta, José alcanzó a ver una camisa ensangrentada.

—Tiene que notificar a la policía.

—La policía me robó el coche; la policía practica el secuestro exprés —el taxista se fue con tal velocidad que dio la impresión de que quería embestir los azules del charco.

—Mira eso, es de una talla tan grande que parece ser de la giganta de Baudelaire —José señaló un sostén colgado de la rama de un árbol.

—Cabrón —el taxista pasó a su lado.

—No sé si este individuo trabaja para el hampa o para la policía —explicó José a Pek—. Por precaución no nos iremos por esa calle, sino por aquella.

—Da igual.

—¿Quién eres tú para dudar de lo que digo?

—Pek.

—Hace cinco años que no te veía y hoy me topo contigo varias veces, ¿dónde estabas?

—Cerca de ti, invisible.

—¿A qué se debe tu presencia?

—Vengo a llevarte al inframundo.

—No estoy muerto.

—Lo estarás.

—No me vendas mi muerte. Prefiero ser un perro callejero hurgando en la basura que un dios en el Mictlán. Vamos al centro, a ver si por el camino veo a mi hermano, anda perdido, no sé nada de él.

—Vamos, el centro está lleno de tiendas viejas y gente rara —Pek jaló su mano con el hocico.

—Antes quiero ir a la peluquería.

—Tus cabellos son llamas blancas, no las cortes.

—Bueno, lo dejo para la semana próxima.

José y Pek echaron a andar. Un camión repartidor de refrescos había bloqueado la calle y lo rodearon. Un anuncio sobre un edificio mostraba a una mujer de grandes pechos con los brazos alzados aplicándose un desodorante en aerosol.

Los desodorantes Mictlán quitan los olores corporales hasta del pestilente Señor de la Muerte.
En este mundo y en el otro, use desodorantes Mictlán.

—AAAAAAAAAAAAA. VVVVVRRRRRRR. MMMMMMMM —en una banca un ciego hacía vibrar sus labios creyendo que su cuerpo era una pista de la cual iba a despegar un avión. Pero como las ruedas del aparato se habían derrapado, se estrelló contra el pavimento: CRASH. Pronto todos nos estrellaremos en la pista de aterrizaje de la banqueta.

—En cada calle hay un loco —comentó José.

—Te llevo en mi lomo —se ofreció Pek.

—Te aplastaré, subí de peso.

—Me he entrenado para llevar pesos completos.

—Hace mucha noche, podrían asaltarnos en la colonia de los Doctores. La otra vez una enfermera me robó la pensión.

—Auscultaré las sombras, veré en la oscuridad, detectaré sospechosos, el *tapetum lucidum* detrás de la retina de nuestros ojos nos da la habilidad de ver en baja luz.

—¿Hace que tus ojos brillen en las tinieblas?

—Algo.

—Si me cargas, arrastraré los pies.

—Crecerán mis patas, no me verás ni el polvo.

—¿Y si me caigo?

—Nos vemos en el inframundo.

—Adelante, pues.

Pek salió disparado como si sus pies volaran sobre la banqueta.

—La ciudad ha sido invadida por una plaga de cucarachas mecánicas. Cada hijo de familia anda en coche provocando embotellamientos monstruosos. Como de fin del mundo.

En la siguiente calle se toparon con un autobús Ruta 100. Hacía paradas y abría las puertas sin motivo, pues nadie bajaba ni subía. Seis perras bermejas miraban por las ventanas paradas sobre los asientos. José creyó reconocer a Pek entre ellas. Pero no podía ser Pek, Pek estaba a su lado.

Un camión pasó cargado de verduras, flores y pescado. Tronando, echando humo. Pasajeros indígenas se agarraban de las redilas mientras sus ropas y sus cabellos eran soplados por el aire.

En un kiosco de periódicos sin vendedor, José leyó: "MURIÓ DE UNA EMBOLIA EL FUTBOLISTA HORACIO CASARÍN".

Aunque luego se sabría que el deceso fue causado por un problema renal que puso fin a un largo tormento que le causara al ídolo el Alzheimer.

8. El Centro Histérico

José bajó la escalera del Metro. Pek lo vio desde arriba, sin atreverse a bajar. La multitud le daba miedo. José lo llamó en vano tres veces, hasta que un joven lo bajó a jalones.

Los andenes estaban llenos. En el primer tren no pudieron subirse. En el segundo, tampoco. En el tercero, se fueron pegados a la puerta.

—El vagón viene vacío —murmuró Pek.

—El vagón viene lleno de fantasmas —José se sentó junto a un albañil.

—Me caí en un tinaco de agua —explicó éste, la camisa empapada de sudor, nadando en su propio caldo.

—Me hubiese gustado caerme contigo —pensó decirle un solidario José, pero guardó silencio. Lo vio agachar la cabeza y fijar los ojos en el piso. Estaba mal. Tenía fiebre, sufría de sudoración y escalofríos. Al toser arrojaba sangre en el esputo.

—No quiero que me pase el bacilo de Koch —José buscó con los ojos un asiento para cambiarse de lugar. No había espacio ni para poner los pies. Apretó los párpados. Lo oyó escupir.

—Me caí en un tinaco de agua —el joven tosió las palabras.

—Ya me lo dijo.

José pensó: "Me pegará la tisis", y se abrió paso entre los pasajeros.

—Si no le caigo bien, me bajo en la próxima estación —el albañil, demacrado, siguió con los ojos su desplazamiento.

—No se baje, hay una manifestación de maestros.

—Compre el video sobre las cárceles más peligrosas del mundo y entérese de lo que pasa en el reclusorio de Santa Martha Acatitla. En ese penal se encuentra el pozo conocido por los reos como el infierno. Entérese de lo que los presos hacen por llevarse a la boca un pedazo de pan y de la prostitución, tráfico de drogas y de los castigos brutales de que son objeto.

Una mujer con una falda color mango atravesó el vagón.

—La novedad del momento, llévese la teibolera de moda. Ahí está para la broma, para el detalle, llévese la teibolera más sexy de la ciudad —un vendedor movía obscenamente con una manija el trasero de una miniatura de plástico representando a una mujer desnuda.

Un músico ciego cantó:

Toda una vida me estaría contigo,
no me importa en qué forma,
ni dónde ni cómo, pero junto a ti.

José pensó que cantaba bien, pero descubrió un aparato de sonido oculto debajo de su chaqueta. El invidente, limosnero con garrote, les mentaba la madre a los que no daban dinero.

—Parece ciego, pero qué tal palpa —dijo una joven pasajera.

El tren se detuvo. Tres rateros subieron, una mujer, un hombre y un joven, pretendiendo perder el equilibrio, bolsearon a una turista y le sacaron la cartera. El ciego se acercó a la mujer robada con la intención de manosearla. Pero como los rateros no querían que alertara a la víctima, cuando el tren se detuvo lo echaron del vagón. Desde el andén, el falso músico, y quizás falso ciego, los amenazó con un cuchillo.

El tren prosiguió su marcha. En la estación Hidalgo descendieron pocos, subieron muchos pasajeros. José y Pek, los turistas y los rateros bajaron. En el andén, el marido descubrió que el bolso de su mujer estaba abierto y le habían sustraído la cartera. Dos de los rateros se perdieron en la multitud. El joven ratero se mezcló con la gente.

—¡Ladrón! ¡Ladrón! —el marido de la mujer robada lo localizó recargado en una pared. Trató de cogerle el brazo. El joven se zafó. Se echó a correr. El hombre lo persiguió por el andén sin que nadie lo ayudase. El joven bajó a saltos una escalera. El hombre saltó detrás de él. El joven se resbaló por los peldaños mientras echaba un vistazo a la puerta de salida. Casi a punto de ser alcanzado, el ladrón le entregó la cartera. El hombre la revisó. No faltaba nada. El hombre se quedó dudando sobre lo que pudo haber visto el ladrón cuando resbaló por la escalera. ¿Vio policías? ¿Vio la muerte?

—Fíjate que no te atropelle la gente —dijo José a Pek—. Aquí el Juicio Final parece un tianguis, hasta los muertos andan en la calle.

Amo y perro atravesaron el Zócalo tratando de no pisar la mercancía de los comerciantes informales. Sobre lonas y plásticos había máscaras, muñecas de trapo, zapatos chinos, perinolas fosforescentes y, sobre todo, tendidos de gafas oscuras que reflejaban las luces del alumbrado público como si fuesen soles. El perímetro del Centro Histórico representaba para José el corazón y el cerebro del México antiguo, y aunque a veces en plena luz del día tenía la sensación de que andaba por una tierra prehistórica, anterior a los toltecas y los aztecas, después de un tiempo de no verlo lo recorría con la emoción del que lo ve por vez primera. En su mente se empalmaban las arquitecturas pasadas sobre las actuales, las calles de agua sobre las de tierra. Cuando lo visitaba sentía que había una tarde espléndida que disfrutar y una miseria que lamentar.

—Esa diosa de ojos redondos con chiches morenas como calaveras mordientes espantaría hasta al garañón de Lucas —José vio una réplica de la Coatlicue en cartón blanco—. Imagino a esas chicas de pecho liso y piernas cortas que en este momento la observan haciendo el amor en camastros ruines con comedores de tacos, todo para que el Gran Ovario, el Aparato Reproductor que nunca duerme arroje al mundo puntualmente cosechas de ojos y manos, de orejas y pies paridos para la muerte.

—Mira esos perros —dijo Pek—. Los he visto en mercados y tumbas. Aquel bermejo perteneció a la Malinche, el otro a un afilador de cuchillos, el cachorro blanco vivió con una niña de la calle afuera del Cine Cosmos.

—¿A qué se debe que los conoces?

—Porque soy de su condición.

—¿Adónde se dirigen?

—Al Templo Mayor.

—¿A las ruinas?

—A los altares.

—¡Cuidado! —José temió por Pek, sus pasos no sonaban y creyó que se había caído en una alcantarilla. Pero no, sólo andaba del otro lado de un hombre que jalaba del brazo a una mujer para meterla en un hotel de paso.

Una calle con gente llevaba a otra calle con gente. Un largo corredor conectaba la estación Zócalo con la de Pino Suárez. Como en un cañón urbano, había petroglifos y grafitos. En un muro estaba representado un animal mítico con la forma del sol atravesando la bóveda celeste como un sexo femenino. En otro estaba dibujado un chamán —con plumas y cuernos blancos— parado en el último piso de la Torre Latinoamericana a punto de arrojarse al vacío para echarse a volar. Los grafitos estaban teñidos con grana *nocheztli*, la llamada "sangre de tunas"; y daban la impresión de reptar por el suelo, descolgarse del techo y ondular en el aire como serpientes, como si los signos gráficos tuviesen movimiento propio.

EL DESEO VIAJA EN CUATRO PATAS. PEK.

SI BRENDA ALZA LOS BRAZOS, DESODORANTE
MICTLÁN.

TERESA TIENE TORRES, YO TENGO A TERESA.

EL SUELO ES EL CIELO ATERRIZADO DONDE TE
ABRAZO.

K KADA KIEN AGA CON SU KULO LO K
LE DE LA GANA.

CON VANKETA Y SIN VANKETA, GOSO A KETA.

LA MUJER TETUDA QUE NO SUDA NI DUDA,
USA DESODORANTE MICTLÁN.

LOS CUERPOS DE SEGURIDAD CREARON LA
INSEGURIDAD, LOS CUERPOS
FEMENINOS EL AMOR.

EL GRAFITO NO ESTÁ EN LOS MUROS, PORQUE
NO HAY MURO QUE CONTENGA AL GRAFITO.

EL INFIERNO Y EL PARÍSO NO EXISTEN, EXISTEN
TU INFIERNO Y TU PARAÍSO.

—Parecen de Lucas, siempre tuvo imaginación para esas cosas —dijo José. Mas Pek, siempre un paso adelante o un paso atrás de él, no lo oía. En el Zócalo había plantones. La gente denunciaba a gritos la muerte de bebés en una guardería, indígenas huicholes se manifestaban contra la horadación de una mina de plata en sus lugares sagrados, estudiantes y electricistas se manifestaban contra el desempleo y el despido. Los motivos para protestar no faltaban, sólo era cosa de escoger un grupo y una causa. José descreía de los que hacían huelgas de hambre porque, tumbados aquí y allá en delgadas colchonetas, no enflacaban ni morían al paso de los días, infiriendo él que comían en secreto.

—¡Con el narco, maricones, con el pueblo muy cabrones! —despotricaban unas mujeres ante los granaderos que custodiaban el Palacio Nacional detrás de vallas metálicas, torres portátiles y tanques de agua a presión.

—¡Xólotl! —exclamó Pek cuando una criatura con cabeza de perro apareció entre dos chicas. Sólo por un momento, porque las luces del alumbrado público se encendieron y desapareció.

9. Xólotl

Al ponerse el sol, camiones con soldados entraron al Distrito Federal. Conducidos por oficiales, escoltados por motociclistas, ocuparon el Zócalo. A esa hora la ciudad parecía diez kilómetros de coches estacionados en el crepúsculo y un jaguar de oro saltaba sobre las cimas de lo oscuro. Su pelambre dorado nimbaba ventanas y ruedas de las bicicletas como con pan de oro. De las caballerizas del Campo Militar Número 1 había salido a caballo el general Genaro García Flores con el pecho cubierto de medallas. Su brazo colgaba de un cabestrillo. Sus ojos detrás de gafas de espejo observaban las tropas. El equino cubierto del cuello a la cola de cerdas plateadas conocía el camino. Detrás vinieron los animales de carga y de tiro. Arreados por soldados, galoparon con las narinas dilatadas.

—Si te metes en lo que no te importa, saldrás lastimado —desde un camión un granadero amenazó a José. La compañía portaba proyectiles de gases irritantes y equipos antimotines. Sus miembros, expertos en disturbios, llevaban chalecos antibalas, cascos y escudos de plástico transparente, rodilleras, espinilleras, toletes.

—El más gritón tiene menos que decir —chilló el general García Flores. Camino de la explanada se detuvo debajo de una gigantesca bandera tricolor inmóvil por falta de aire. Masculló obscenidades a una chica en shorts. Contento de su ingenio, mostró más dientes de los que le cabían en la boca. A su derecha, el licenciado Juan Manuel El Figurín, con traje azul marino y zapatos blancos, comenzó a informarle sobre los conflictos sociales suscitados en las últimas horas. Cecilia Braccio, su secretaria particular, cargaba su portafolio. No contenía documentos, como podría creerse, sino una blusa roja, unas pantaletas de seda y unas medias negras que El Figurín usaba en privado.

Frente a una cámara de televisión, el general se fue poniendo más y más iracundo, como si a medida que progresaba en su discurso se le hiciesen más agresivas las críticas de la prensa. Nadie imaginaba a qué se refería, pero más enojado se ponía. Una reportera de TV aprovechó una pausa del general para elogiar al presidente de la República, salvador de la patria, quien había enviado soldados, granaderos y policías judiciales al Zócalo con el fin de bloquear los accesos al recinto ceremonial de México-Tenochtitlan y salvar a la gente de sí misma.

Ante tal despliegue de fuerza, José no sabía si el gobierno tenía miedo de un golpe militar, de una resurrección de los dioses prehispánicos o de un ataque de narcotraficantes y líderes populares juntos. Nadie informaba nada. Los soldados tenían órdenes de no responder a preguntas y armados hasta los dientes se posicionaban frente a los edificios y los comercios que vendían Tarjetas Telefónicas, Aguas y Refrescos, Códigos y Reglamentos.

—Localizamos los nudos —informó por radio una patrulla—. En las calles que confluyen a Plaza de la Constitución los cruceros son atolladeros, los carros se estorban, nadie se mueve, y un chorizo de vehículos ha alcanzado la inmovilidad perfecta.

Cuando los militares comenzaron a limpiar la explanada de transeúntes, vendedores ambulantes, burócratas y empleados, los granaderos la emprendieron a golpes contra los huelguistas de hambre, obligándolos a trasladarse a un mercado de verduras donde podrían ayunar el tiempo que quisieran sin molestar a nadie.

Desde las terrazas de los edificios, agentes en traje de civil monitoreaban con binoculares el movimiento de los usuarios de la estación Zócalo, y contingentes de soldados desviaban a los peatones hacia las calles de Donceles, Tacuba y República de Argentina, en cuyos extremos se habían hallado hacía años los templos del dios Tezcatlipoca. Frente a los retenes del Zócalo, José sintió miedo. Pero se arriesgó a cruzar.

Un retén estaba de este lado. El otro al final de la calle. En ambos había tanquetas y vehículos. En el primer retén, un sargento le pidió ver su credencial de elector y le preguntó por qué quería ir al otro lado.

José le explicó que su hermano menor tenía un estudio de fotografía en la Calle de Seminario 10, y si gustaba, podía verificarlo.

—Vaya, pero en ese número el viejo edificio está en ruinas y nadie vive ni trabaja en sus departamentos —para ver si se contradecía, el militar volvió a formularle la pregunta de por qué quería ir del otro lado.

—¿Por qué pusieron un retén de este lado? —le preguntó José.

—Porque de este lado está el presidente de la República —contestó el sargento.

—¿Y por qué pusieron un retén del otro lado?

—Porque del otro lado también está el presidente de la República.

—Aquí, si se arma una bronca, el conejo soy yo —pensó José, y solo entre los retenes caminó esperando oír en cualquier momento ráfagas de metralleta. Dudaba si llegar a la Calle de Seminario y olvidarse de su hermano Lucas cuando vio debajo de una lluvia de cenizas a una mujer que se parecía a Alis. Ciertamente, llevaba el pelo sobre la espalda, pantalones blancos ajustados y una chaqueta azul marino como ella solía hacerlo.

—Alis —él la siguió por el vasto tablero de la explanada hasta la entrada del Metro. Bajó detrás de ella por una profunda escalera de mármol y desembocó en los andenes. Un tren estaba en la estación y ella se metió en un vagón vacío.

—Voy contigo —cuando él quiso alcanzarla las puertas se cerraron como una guillotina.

José la vio del otro lado del vidrio con los brazos alzados y los pechos desnudos. Su pelo era una corona de rayos. Piel translúcida cubría sus facciones. Un velo de lágrimas obnubilaba sus ojos.

—José, ¿qué ha pasado? ¿Adónde ha ido la ternura? —fue su grito mudo.

Él quiso atravesar la puerta, pero el tren partió, como un gusano negro se metió en el túnel.

—Discúlpeme, señora, ¿está usted muerta? —a la salida del Metro, José preguntó a una vendedora de videos piratas.

—¡No! —gritó ella, su boca toda dientes.

De pronto él se dio cuenta que se había olvidado del xolo.

—Pek.

—Tzi, tzi —el perro estaba detrás de él.

—Discúlpame.

—Xólotl —Pek señaló a una criatura corpulenta con cabeza de perro que salía del Templo Mayor. Con el hocico abierto, los pies deformes, las manos torcidas, el pelo de mono araña, calaveras en las rodillas, rostro peludo adornado con orejas de perro y dientes blancos, la figura inverosímil, con la cara vuelta hacia atrás, olisqueaba el aire. José dijo:

—Hoy en la mañana desde mi cama lo oí romper el silencio saludando la salida del Sol. Pero al llegar a la puerta el aullido cesó y regresé a mi cuarto. Entonces el aullido comenzó de nuevo. ¿Qué estaba haciendo el dios canino? ¿Ejercicios vocales? Las volutas del canto salían de su hocico como alaridos. ¿Estaba indicando que estaba asociado con el perro bermejo, que según la creencia de los aztecas guiaba el alma del difunto por el río de la muerte?

—Se dirige a Xoloco, la plaza de Xólotl, no lo sigas, es una de las entradas al Inframundo —le advirtió Pek.

A su paso los murciélagos huían, los edificios ondulaban, la luz y la oscuridad jugaban sobre los escaques de la explanada, el sol distorsionaba la cabeza del dios canino sobre el piso como si quisiera arrojarla a los confines de la noche.

Xixitica xixitini xixititza xolotl xopitli xoloton ululaba Xólotl, mientras los perros del cementerio corrían detrás de él.

10. La rifa

Una chica en suéter amarillo salió corriendo de una casa pintada de azul. Dos chicas con pantaloncillos negros de plástico corrieron hacia su dirección. Una mujer hombruna tipo balcánico que parecía guardia de burdel o custodio de reclusorio femenil persiguió a las chicas.

La mujer hombruna dio alcance a la chica en suéter amarillo y la baleó. La chica, herida en la espalda, cayó entre las bombas de una estación de gasolina. Como salido de ninguna parte, un hombre tipo balcánico, de rasgos afilados, duros, recios, disparó a la mujer hombruna. De regreso a la casa el hombre le echó a José una mirada de pocos amigos. Primero, porque podría reconocerlo si se investigaba el caso de las mujeres baleadas. Segundo, porque José había visto adónde volvía.

—¿Con quién estabas en la casa de putas? —preguntó a José.

—¿Yo?

—Tú.

—Con nadie.

—Pendejo —le dijo con acento albanés.

Pek, oliendo peligro, jaló la manga de José con el hocico.

—¿Qué le dijo el hombre? —le preguntó el empleado de la gasolinera.

—Nada.

—Mejor váyase, ese mafioso es un hijo de la chingada.

Las chicas que habían salido detrás de la que llevaba suéter amarillo retornaron al burdel, el hombre y un ayudante arrastraron los cuerpos de las mujeres baleadas hasta la casa. Cerraron la puerta no con la mano, sino con el pie. La fachada quedó a oscuras, como si no hubiese nadie dentro. José y Pek se fueron caminando por una avenida que desembocó en un callejón sin salida con anuncios espectaculares y copuladeros:

GIRLS GIRLS
BOYS BOYS
TABLE DANCE
SHOWS

Las calles tenían nombres de ciudades: Liverpool, Londres, Génova, Hamburgo, Florencia, Amberes, Oxford, Praga, Varsovia, Toledo. Las chicas se presentaban con nombres extranjeros: Silvana, Nancy, Susy, Mathilda, Marcella, Bianchina, Katya. Algunas mostraban las piernas, los senos, el culo o se sentaban sobre su trasero como sobre un tesoro.

Como una sombra Pek siguió a José por la Zona Rosa, también llamada Zona del Amor Gay, Zona del Ombligo Tatuado, Zona de los Tacos de Ojo, Zona del Pezón Mojado y Zona de la Prosti Asesina. Había venido a buscar a su hermano menor Lucas Navaja, un saxofonista que amenizaba bares y antros desde la calle de Madrid hasta la calle de Río Mississippi. Necesitaba de él unos papeles de familia (actas de nacimiento y de matrimonio, comprobantes de domicilio y de no antecedentes penales) para un trámite oficial, y él no contestaba llamadas de teléfonos ni correos electrónicos. Quería también, si fuera posible, echar un vistazo a sus actividades, pues era propenso a meterse en líos de faldas y de dinero. Lo hacía por lealtad a su madre, pues le había encomendado mucho cuidarlo antes de morir.

Las luces de los antros se derramaban sobre las banquetas, alumbraban las puertas enrejadas, los aparadores en los que se exhibían mujeres semidesnudas de Europa del Este, Sudamérica y Asia. Pek se excitaba con el ir y venir de las sexoservidoras y los mirones y, sobre todo, con el ruido de la música electrónica y los alaridos de los concursantes de karaoke cantando canciones en un local arriba de un restaurante, el cual anunciaba sala privada equipada con luces audio rítmicas y pantalla gigante de plasma.

—Cálmate —José le pasó la mano sobre la frente para que no se echara a correr, pues una mujer de pelo negro, pechos enhiestos y gran trasero, con medias negras y zapatos de tacón alto dio un portazo casi en sus narices. Pero apenas lo apaciguaba cuando arribaron soldados mutilados durante la guerra contra los narcos en busca de favores gratuitos de las mujeres, y volvió a ponerse nervioso.

—Ahorita regreso, voy a buscar a Lucas, era cliente frecuente de este antro —José lo ató a un poste negro como si lo atara a la noche, y se fue andando por un callejón.

ACAPULCO GIRL
RIFA DE VIRGEN
BEER TEQUILA MEZCAL

—Lo estaba esperando, por aquí, sígame —una mujer con pantalones blancos y las chiches sueltas bajo el huipil como de alegradora de los tiempos prehispánicos lo introdujo en un pequeño salón que parecía vacío, pero estaba lleno. Dos mujeres a la entrada, una rubia y una morena, desnudas de la cintura para arriba, se pintaban las uñas.

—Lo que quieras, guapo —la morena lo invitó a sentarse, pero él siguió a la mujer con los pantalones blancos hasta que ella lo abandonó sin decir nada en un corredor que daba a un salón que tenía las puertas abiertas.

Cubrían las paredes libreros falsos. Los espejos reflejaban muros, mesas, prostitutas, parroquianos y sillas. El premio de la rifa de la noche era una virgen. ¿Una bailarina que hacían pasar por virgen o una ingenua atrapada por la trata de blancas? Los billetes traían escrito con tinta roja un número, pero escondían su nombre.

Parada delante del público estaba la "rifa" ligeramente maquillada. Con el pelo recogido hacia atrás y las orejas adornadas con perlas falsas estaba desnuda, excepto por las pantaletas blancas hasta el ombligo y el reloj de pulsera en la muñeca izquierda que proyectaba una breve sombra sobre sus pantaletas. De las rodillas para abajo no se veía nada, como si se parara en la oscuridad. Para animar a los indecisos a comprar billetes, ella parecía desafiarlos con los pechos desnudos, los pezones enhiestos, los brazos hacia abajo y las manos pegadas a los muslos.

Sentadas a una mesa, dos viejas goyescas hablaban en voz baja sobre la "rifa". Con ojos de costureras miopes escrutaban a los clientes congregados en el salón en penumbra. La más joven, con un vaso de tequila en la mano, miraba con fijeza al cuerpo rifado, examinaba sus senos y sus piernas como si se le antojara comprar también billete. La otra, de pie, desconfiada, se inclinaba hacia la otra, al parecer su hermana, para soplarle algo.

—Salvador, ¿qué andas haciendo aquí? —de repente preguntó un hombre con máscara de Agustín Lara, el compositor de *Piensa en mí*, a un hombre vestido de negro con el rostro comido por la penumbra.

—Y tú, ¿qué andas haciendo aquí, Agustín? —el interpelado, con máscara de Salvador Novo, le mostró un látigo.

—Lo mismo que tú, Salvador.

Embarazados por haber llamado la atención de los demás, ambos se ocultaron detrás de los otros clientes. Como en una plaza de toros, entonces comenzó la pasarela de prostitutas.

—Psss, ¿vienes?

—Psss, ¿vienes?

—¿Te avientas?

—¿Te avientas? —preguntaban ellas.

El animador que conducía el sorteo empezó a sacar los billetes de un sombrero mientras las viejas se secreteaban y se embolsaban el dinero.

Hasta que un fotógrafo saltó a la pista y le tomó una foto al premio. El flash en el burdel fue como un pistoletazo en un concierto. Dos cancerberos con los brazos tatuados de dragones se lanzaron sobre él para quitarle la cámara. Pero el fotógrafo, evitando el acoso, salió corriendo.

Camino de Pek, José se cruzó con una banda de músicos. Mujeres vestidas de hombre y hombres vestidos de mujer venían por la Calle de Génova. El Gran Travesti traía gafas azules, boca amarilla, zapatillas rosas, peluca de plumas de pa-

pagayo y una estola imitación piel. Lo que más atraía la atención de la gente era una vagina artificial que le bajaba del cuello hasta la entrepierna y se abría mediante un cierre.

11. Las buchonas

Las buchonas se detuvieron en la esquina de Génova y Hamburgo, con emos y punketos sentados en las aceras a esas horas. Con tal lentitud se pusieron a ver el menú de un restaurante al aire libre que parecía que no sabían leer. Con el trasero parado y los pechos sacados, las chicas eran el espectáculo, no la pinta en la manta que atravesaba la calle:

VIAJERO, HAS LLEGADO AL BARRIO DE LA NOCHE ROJA

El dueño de un expendio de billetes de lotería se asomó para verlas, atraído no sólo por su desinhibición corporal sino por el exceso de maquillaje en el rostro, el pelo largo y las uñas con corazones pintados. Las zapatillas Dolce & Gabbana las hacían parecer más altas, y los cinturones apretados más delgadas. Como por un movimiento independiente de la mano, la buchona morena abrió por error la puerta de una agencia de turismo y se encontró con un dormitorio de personas en situación de calle. Los moradores en ese momento apuraban restos de cerveza dejados por bebedores anteriores. Un BMW se paró a su lado, alguien abrió la puerta, pero las buchonas siguieron caminando. Las llamaban buchonas porque, según se sabía, en la sierra de Sinaloa a las personas que cocinaban la droga solía hinchárseles el cuello y esa hinchazón se parecía al buche de los animales. "Las Novias del Narco", José había leído en la web:

K CHINGON ES SER NOVIA DE UN SIKARIO. KRISTINA

NAKA KON DINERO SE KREE LA ÚLTIMA KOKA
KOLA DEL DESIERTOOO. KONSUELO.

KE AGATHA HAGA CON SU KULO LO KE LE
DE LA GANA. K.

SOY NOVIA DEL HIJO DE UN NARKO. ESTOY POR
KUMPLIR 15. MI PADRE ES SIKARIO, MI MADRE
SIKARIA. MI NOVIO SIKARIO. YO APRENDO A
MANEJAR LAS ARMAS. KUANDO ALGUIEN SE
METE DE NARKO TIENE A TODO EL MUNDO DE
ENEMIGO. KASANDRA.

ES A TODA MADRE SER BUCHONA, CON PISTOLA
EN LA CINTURA Y UÑAZZ SUPERR ROOOSTRO,
MARKAS EN LAS NALGAS Y DESODORANTE
MICTLAN. KE BELLEZAAA. PAKA.

NO SABES, MANA, LO SUFRIDO K ES SER
BUCHONA KUANDO TIENES QUE ABRIRLE LAS
PIERNAS A UN KAPO GORDO Y FEO KE TE PONE
EL CAÑÓN DE LA PISTOLA EN LA BOCA O ENTRE
LAS NALGAS Y TODO POR COBRARSE EN ESPECIE
LOS PESOS QUE HA INVERTIDO EN TI.
KLEMENTINA.

Tres buchonas andaban en la Calle de Hamburgo lu-
ciendo zapatos de marca, gafas de espejo, glúteos redondos,
senos operados y cejas delineadas. Las seguían de cerca guardaespaldas pelones, celosos a sueldo, la pistola debajo del saco, el
celular en la mano y un aparato en la oreja. Al servicio de un
tipo pesado las acompañaban de los antros "Baby Inn", "Uh
Uh" y "Deng Deng" a los centros comerciales y boutiques de
lujo, protegiéndolas de galanes impertinentes, chicos wannabe
(I want to be narco) y jóvenes ninis (ni trabajo ni estudio).

—Esa buchona me recuerda a Alis —José la siguió por
la calle.

—¿Qué hora es? —de repente ella le preguntó, ociosamente, pues llevaba un Rolex.

—Déjeme ver —José sacó de un bolsillo un reloj de pulsera.

—¿Es pintor?

—Qué pregunta tan rara.

—Usted me inspira para hacerle preguntas raras.

—¿Cómo se llama?

—Lluvia.

—¿Qué se necesita para ser buchona?

—Estar muy buena.

—¿No corre peligro?

—Mucho, cuando eres buchona te expones a que te corten la cabeza. Pero si mis padres son pobres y yo tengo que pagar mi vida, eso cuesta un chingo, y no hay nada más caro en el mundo que la pobreza. Los ricos te cobran lo que no tienes todos los días. Mil pesos por vivir aquí, mil pesos por prender la luz, mil pesos por subir una escalera, mil pesos por ganar mil pesos. Entonces, una tarde mandas la pobreza a la chingada y sanseacabó. Lo llaman libre albedrío: es la libertad de joderte a ti mismo.

—¿Qué te atrae de los narcos?

—El dinero.

—Lluvia no es tu nombre.

—Lo uso porque cuando desapareces y los morros quieren madrearte, no sepan a quien buscan.

—¿Te buscan a ti?

—Un sapo anda buscándome para cobrarse un favor que me hizo y no he pagado con cuerpo. Tú, ¿qué haces aquí?

—Busco a mi hermano menor, un cantante de trovas urbanas sin mucho talento, pero muy ligador. Dime, ¿qué puedo hacer por ti?

—Esconderme. De la mismidad, del tedio, del deseo de los hombres de poseer mi ego jodido, mis orgasmos forzados. Ven conmigo, debe sentirse padre estar en mis brazos.

La buchona abrió la puerta de una casa que servía de leonera. Él pasó. En un cuarto sin muebles ella se desnudó y se tendió en el piso sobre una colchoneta. Él la vio soltarse los senos como peces, sintió su tierna vulgaridad. Ella se puso a gatas, el cabello sobre la espalda.

—¿De quién eres? Si no me lo dices te voy a azotar con un poema que dice: "Qué ruido tan triste hacen los cuerpos cuando se aman" —dijo José.

—Escucha, la muerte acaba de dejar un mensaje en la máquina contestadora. Vete.

—¿Recordarás este día?

—Cómo no voy a recordarlo si estoy oyendo los pasos de la Matabuchonas que anda buscándome pistola en mano. Ella es la asesina que persigue a las sexoservidoras por las calles y los hoteles de paso, y yo caigo caigo de cabeza, y todo lo miro al revés.

—¿Quién es la Matabuchonas?

—Una machorra que te mete la pistola en la boca y dispara —Lluvia salió a la calle. Sus tacones altos parecían clavarse en el pavimento pegajoso.

—Nos invita don Carlos a comer tacos de mole negro en El Cardenal. Va a mandar un coche para llevarnos al restaurante —una buchona con los pechos casi saliéndole de la blusa y una ola de cabellos negros cayéndole sobre la espalda salió a su encuentro. José midió de arriba abajo el cuerpo de la que se iba, hasta que sus pasos se hicieron rápidos y ambas mujeres, como dos fantasmas sensuales, abordaron una camioneta negra que las esperaba en la esquina.

12. En el jardín de las muñecas rotas

—Adelita, a mil el taco —El Richard, un proxeneta tránsfuga de la justicia, ofertaba en la calle a una púber de pechos incipientes y piernas regordetas. Sentada sobre el cofre de un coche, la niña daba una sonrisa forzada al tipo que hacía un video titulado *How to Train Little Girls*.

Con blusa a rayas, falda corta y zapatos rojos de tacón alto, la púber, entre interesada y tímida, recibía de las manos de una mujer adulta una bolsa con artículos de belleza: una polvera, un lápiz para delinear, un frasco de esmalte para uñas, un collar de perlas falso. Delante de los clientes potenciales y de un Chevrolet Malibú cargado de guaruras, la "maestra" la enseñaba a maquillarse, le ponía en las manos pequeñas los artículos de tocador y le apretaba las mejillas para abrirle la boca y hacerla mirarse en el espejo. Como a una Teen Talk Barbie, la incitaba:

—¿Quieres ir de compras? ¿Quieres bajar de peso? ¿Quieres comerte una pizza? ¿Quieres tener una fiesta de almohadas? ¿Quieres dormir en una Barbie Dream House? ¿Quieres ser una Barbie Super Modelo? ¿Quieres ser una sirena? ¿Quieres que te visite un pediatra? ¿Quieres un baby sitter? ¿Quieres un pretty boy?

El Richard observaba. Hacía unos días su foto había salido en los diarios, sospechoso de haber matado a una menor por negarse a ejercer la prostitución en La Merced. Primero le había dado un golpe en la cabeza y luego un tiro.

—Tu perro es un degenerado —una mujer con falda corta de plástico cogió a Pek del hocico.

—Mi perro es casto —replicó José.

—Lárguense de aquí, estorban a los clientes. Voy a llamar a los de la julia —la sexoservidora señaló un furgón de policía con tipos en uniforme parados a la puerta, listos para patear a los detenidos.

—Calma, ya nos vamos.

—Soy Rosaura —le dijo una mulata de labios gruesos, nariz pequeña y piernas morenas.

—¿Quién es esa? —José le preguntó por una mujer que desde un tercer piso miraba por la ventana hacia la calle.

—Es la bruja de la Zona Roja, una húngara que hace téibol, cuando no trabaja la encierran, pero ella se escapa por la ventana volando con los ojos.

—¿Vienes? —una joven de ojos verdes le coqueteó. Su cara le recordó una visita a las Vizcaínas, donde las prostitutas eran exhibidas en vitrinas. Era un sábado, regresaba de jugar futbol y ella, como acostada en el aire, tenía medio cuerpo salido por la ventana.

"Entra con esa, mano, me muero de ganas nomás de verla", le dijo entonces un muchacho que olía a cemento y cal. Y José, pensando que al amarla satisfacía dos deseos, el suyo y el del muchacho, sin pensarlo dos veces le hizo una seña a la chica, quien lo recibió a la entrada de la vecindad convertida en burdel. Pasaron a un cuarto sin número y sin puerta, rodeado de cuartos sin número y sin puerta, donde las parejas hacían el amor a la vista de otras parejas como si estuviesen solas. Ella se alzó el vestido y se tendió en el camastro. Él no se desvistió. Pero el acto fue breve, porque a él le dio asco meter su miembro en ese charco de semen que era su sexo. "No más", suplicó ella, y él la comprendió, salió de su cuerpo y abandonó el lupanar. Una cosa se le ocurrió después: el muchacho era su padrote y animaba a los clientes a visitarla. ¿Cuántos al día? ¿Cincuenta? ¿Cien? A treinta por cabeza, no estaba mal para él, pero pésimo para ella.

—¿Vienes? —lo confrontó la mujer de ojos verdes.

—No.

—¿No puedes? ¿Estás cansado?

—No. La calle está cansada de que la jodan tanto, las flores están cansadas de que tronchen sus tallos, la noche está cansada de tanta majadería.

—Este viejo está loco.

—Allá va Alicia —exclamó Rosaura.

—Mi esposa se llamaba así.

—Vete a otra parte con tu nostalgia, me vas a hacer aullar —la mulata abrió la boca como si tuviera cuatro dentaduras.

—Qué te importa mi nostalgia —José se dio cuenta de que la tal Alicia atravesaba la pared de una vieja casona como un espíritu. En la calle una orquesta de invidentes cantaba "Piensa en mí", en la parte que dice: "tu párvula boca que siendo tan niña me enseñó a pecar". Al atisbar por la ventana de un carro con una mujer con las piernas alzadas, notó que el portón de la casona estaba mal cerrado y entró.

Con Pek a su lado, José se halló en un jardín con altas bardas de piedra cubiertas de restos de botellas y plantas trepadoras medio secas. Muñecas rotas desnudas estaban tiradas en los senderos como si un maniático hubiese jugado con ellas. Algunas, a la mitad, no tenían cabeza ni pecho, sólo piernas con tobilleras y zapatos rojos. Otras, colgadas de las ramas de un árbol, sin brazos y con la cara amoratada, miraban hacia abajo. Sobre una puerta de vidrio, José leyó:

EL JARDÍN DE LAS MUÑECAS ROTAS

La sala de juegos daba la impresión de ser un lugar de martirio. Sobre una colchoneta una muñeca mutilada, con la cabeza calva, mostraba huellas de tortura. Cabellos arrancados, cara, piernas y brazos desmembrados parecían estar en rotación, como la Coyolxauhqui que despedazó Huitzilopochtli.

Recargada en la pared había una cama litera con una escalera de plástico. Sobre el colchón estaba una muñeca de trapo tipo mazahua con las trenzas negras y los listones rojos cortados. En una silla de adulto, con los brazos colgados del respaldo, una muñeca con rostro angelical miraba tristemente. Tenía el cuerpo y el rostro llenos de moretones. A unos metros de distancia, a una muñeca con torso de niña y senos de mujer, en lugar de cabeza y ojos le habían puesto un vientre y dos

Tacos de ojo, hígados de gallina, pechugas de mi vecina, pregunte en la esquina, decía una pinta en el corredor del inmueble.

José subió al quinto piso. La puerta estaba abierta, el interior saqueado. En el suelo, un volante mostraba la foto de su hermano. Atado de pies y manos a una silla, una mordaza negra le cubría la boca.

PARECE QUE LUCAS NAVAJA FUE SECUESTRADO
POR EXTRATERRESTRES, PORQUE NADIE
LO ENCUENTRA.
LA SOCIEDAD INTERAMERICANA DE
SAXOFONISTAS
PIDE A LA POLICÍA SU PRONTA LIBERACIÓN.

Otro volante decía:

BÚSCALO EN CIUDAD JUÁREZ

13. Los perros. Otro día

La recámara daba a una terraza. La terraza a una barda. Del otro lado de la barda había árboles grandes, un paisaje prestado. José bajó a la cocina y vació en una taza un buen puñado de café soluble. Con dificultad lo removió en agua caliente. Lo bebió de un trago como si se le atorara en la garganta. Regresó a la recámara. Durmió intermitentemente. En lo oscuro de la mañana creyó oír pisadas fuera de su cuarto, como si durante la noche se hubieran soltado los animales. Se levantó. Fue a abrir la puerta. Vio nada. Escuchó nada. Tal vez un jadeo. No estaba seguro. Volvió a la cama. De nuevo oyó pisadas, acompañadas de gruñidos. Más fuertes a cada momento. Se levantó de un salto. Abrió la puerta de golpe. Creyó ver a una persona. Al definirse la silueta le pareció que era un perro. No uno, sino siete perros. Todos negros. Venían de una pelea, porque dos no podían apoyar la pata en el suelo. Tenían los pelos mojados. Heridas en la piel. Gotas de sangre en la lengua. Bajo la incierta luz del alba, José miró a un pichón destrozado. Un perro tenía su cabeza en el hocico. Ya en la habitación, dos perros se le aventaron. Él, instintivamente, se tapó los ojos con las manos. Desde niño tenía miedo de que le lastimaran los ojos, porque por los ojos entra el mundo al hombre, y si se pierde la mirada se pierde el mundo. Por ese miedo, cuando en las riñas escolares un colegial trataba de pegarle en los ojos él se dejaba golpear el cuerpo, pero no los ojos. Ahora no sólo se trataba de un perro, sino de varios perros tratando de tirarlo al suelo. Caído en la oscuridad de sí mismo, más que en el piso, puso los brazos como un escudo. A puntapiés trató de rechazar a los canes. Con un tapete les pegó en la cara. Los puso contra un muro, los persiguió hasta la terraza. Aguerridos regresaron, como si quisieran meterle la trompa en el estómago. Él los ahuyentó. Corrió el cerrojo. Aseguró la ventana. Retornó a la cama. Se acostó boca arriba. Tenía la sensación de haberle pegado a un can en la cabeza. No recordaba a cuál, porque los perros cambiaban de lugar y se movían rápidamente. Y porque daba las patadas y los puñetazos al vacío. Así que sin saber si en las piernas tenía sangre o saliva, las mangas del pijama babeadas, o un pedazo de carne colgando de las manos, se miró en el espejo. Le dolían los nudillos, las orejas arañadas y lo que más recordaba era una pata desplazándose sobre su cuerpo, atacándolo con sus uñas. Nunca le habían parecido los colmillos de un perro tan largos, duros y negros, y tan elusivos, como en esa noche. Hasta que finalmente prendió la luz y vio que todos estaban del otro lado de la puerta. Parados de manos sobre ella, intentando mover la manija con el hocico. Lo mejor era que no ladraban. Lo peor, es que no sabía qué raza eran. Y cómo habían llegado hasta la terraza, si no había escalera exterior. Se preguntó si tendrían relación con Pek. Y si por no hallar comida en la ciudad habían venido a su casa. El caso es que ahora no estaban en la terraza. Como si se los hubiera tragado la tierra. Y aunque registró los cuartos no había rastro de ellos. Tal vez porque de un tiempo para acá le daba por soñar con gente desconocida que se encontraba en la calle y después veía en sueños, como si se hubiesen borrado las fronteras entre el mundo real y el onírico. Y esa noche había soñado con perros. Al salir el sol, no al ponerse, se había dormido. Al abrir los ojos, Pek estaba parado delante de su cama. Había pasado la noche mirándolo soñar.

14. Los emos y los punketos

La cara bonita de la chica emo, con sus ojos almendrados y su boca pequeña, tenía forma de una carátula de reloj. Nada más de pensar en su novio el tic-tac de su corazón parecía acelerarse debajo de la blusa delgada como si sus pechos en ciernes buscaran una salida abrupta y las manecillas de su cuerpo marcharan más rápido que el tiempo de la calle.

La chica emo se sentaba en un banco de la glorieta de Insurgentes dando el golpe a su primer cigarro y con la espalda vuelta contra el feo edificio de la Secretaría de Seguridad Pública. Le importaban un bledo los policías rechonchos que desde la puerta vigilaban a los peatones. Lo que les impresionaba era el comandante con cara de Xipe Tótec, con largas uñas negras y calzando tenis blancos. Tenía más pinta de asaltante de caminos que de policía.

Varios emos estaban reunidos debajo de la estructura metálica de la línea 2 del Metrobús. Las chicas, con los labios pintados en forma de corazón y la nariz con aretes, lucían ojos delineados de negro y pelo color azabache cortado a tijeretazos. Los chicos, adolescentes andróginos, llevaban tenis de colores vivos, jeans entubados hasta la cadera y playeras negras con rayas azules y rosas, indiferentes a un edificio que era pura fealdad, con sus ventanas horribles y sus paredes grafiteadas. No se habían dado cuenta de que las bocas de acceso a la estación del Metro, las escuelas de estilismo UÑAS WAO y los comercios locales habían sido cerrados. Un letrero advertía:

NO PASE NO LIMIT

A la explanada hundida convergían las calles de Génova y Jalapa y las avenidas Chapultepec, Insurgentes y Oaxaca, por las que se llegaba a la línea 1. En torno de la estación se abría el dédalo de una ciudad que se perdía en zonas rurales y subía a faldas volcanosas. Visto de noche desde el cielo, ese laberinto abigarrado daba la impresión de un abismo de luces. Pero a los emos no les importaba el cielo, les interesaba la llegada de sus compas en bicicleta o a pie a la reunión en Insurgentes, convocados por mensajes electrónicos y páginas de Internet. Junto a una jardinera, donde un árbol seco daba la impresión de una estaca clavada en la basura, llamó la atención de Pek un payaso, quien con la cara embadurnada, las orejas puntiagudas, el mentón cuadrado y el pelo rojo como de escobetilla, parecía todo, menos un payaso. Los emos escuchaban en sus teléfonos celulares *La trova de los vampiros*, cantada por la chica de un bar:

Brujas de quince años
llueven sin paracaídas
sobre la ciudad neurótica,
y caen en la calle podrida.

Niños musicales rasgan la vida
en la espalda de su amante,
aunque mañana no tengan
memoria de su nombre.

En lechos clandestinos
vampiros adolescentes chupan
la sangre de sus amigas
y mi pareja es mi sombra.

Jóvenes escuálidos
salgan a la aurora,
que el desfile de la muerte
comienza en una hora.

—Allí vienen los punketos —un emo descubrió a los miembros de una tribu rival que invadía su territorio. Gritó: ¡Ser emo se nace, no se hace, pendejos!

Los emos se lanzaron al ataque. Los punketos huyeron. Pero regresaron con refuerzos de darketos y anarcopunketos armados y embistieron a los emos. Unos y otros cayeron al piso (con amiga abrazada a amiga y amigo abrazado a amigo) y cortaron mechones rojos, flecos y picos fijados con spray.

Los punketos chillaron: "Pinches gays fresas". "Son unos deprimidos, unos melancólicos", "Muerte a los emos".

Respondieron los "emos": "Los punketos no tienen madre, ideología ni identidad, son unos bueyes". Y se dieron de golpes con cinturones, cadenas, botellas, palos y piedras.

Como a José Navaja no le interesaba la onda emo ni la ola antiemo ni la moda punketo o antipunketo, atrapado en la disputa de las tribus urbanas quiso largarse de la plaza.

Un policía judicial con el pelo engomado y Beretta 9 mm debajo del saco, playera con un Pato Donald estampado y máscara del palmípedo, profirió por un celular: "Cuac-cuac, cuac-cuac".

—El blanco está en la glorieta de Insurgentes —a la entrada del metro, un judicial con cara de indigesto dio la señal.

En ese momento un comando de policías con chalecos antibalas y tatuajes en los brazos empezó a disparar. Poco antes había salido de Tepito a bordo de tres camionetas negras sin placas y con los vidrios ahumados. Un sacerdote había oficiado un rosario a la Santa Muerte y con avemarías y veladoras negras los policías habían prometido a La Flaca la misión de esa noche, pidiéndole perdón anticipadamente por la sangre derramada.

Los policías respondían a la llamada de un desconocido que reportaba una pelea a navajazos y botellazos entre bandas rivales de emos y punketos, darketos y anarcopunketos, metaleros y góticos haciendo hincapié en que la disputa había comenzado con agresiones verbales y enfrentamientos físicos. Enseguida el comandante de la Secretaría de Seguridad Pública había reportado la llamada al comando para atender la emergencia.

Veinte policías bloquearon las salidas para que los emos y los punketos no pudieran escapar. Veinte agentes descendieron de vehículos armados con pistolas calibre 45 y rifles AR 15. Los veinte dispararon a diestra y siniestra, alcanzando a algunas personas que pasaban por la plaza. Al pie de la escalera del Metrobús tres jóvenes cayeron abatidos, cuatro fallecieron con los brazos sobre la jardinera; dos se desangraron sin recibir atención médica; una chica recibió un balazo en la espalda cuando trataba de alzar la cortina de una boutique de uñas.

—Ahí va un emo viejo —dijo un hombre con cola de caballo.

—Yo no soy emo, soy un jubilado —replicó José.

—Y tu perro, ¿qué es?, ¿marciano? —el hombre le apuntó a Pek. Pero Pek se salvó gracias a que unos punketos pasaron corriendo hacia la calle de Jalapa y él los persiguió.

Dos punketos trataron de ocultarse en un edificio de la calle de Chihuahua que se había colapsado durante el terremoto de 1985. Más de un cuarto de siglo comprimido como un acordeón, ahora sus cuartos, a nivel de calle, estaban habitados por gatos, perros y pelafustanes.

—Fíjate dónde pisas, porque por esa alcantarilla puedes irte de cabeza al drenaje profundo —gritó José a Pek, quien huía de los policías.

—O ser abatido por esos primos del hombre que son los policías mexicanos —aseveró Pek.

—¡Ayuda! —suplicó un punketo al policía con cola de caballo y labios blancuzcos.

—Te voy a dar tu ayuda.

—No me mates, soy devoto de la Santa Muerte.

—Yo también —el policía le apuntó a la cara. Y mientras el chico se arrastraba, le dio un tiro en la espalda.

—El que combate monstruos se convierte en ellos —José se acercó al chico para auxiliarlo. Pero se sintió cobarde, porque limpiándose el sudor que le cubría los ojos, bajó la vista para no mirar al asesino de frente.

Se fueron los policías, pero llegaron los granaderos con garrotes y escudos para tundir a los caídos. Los judiciales montaron una valla en torno de los muertos. A los heridos les negaron ayuda y a los sobrevivientes les ordenaron que no recogieran los casquillos percutidos ni movieran los cadáveres, a riesgo de ser abatidos. Un periodista explicó:

—No eran policías, eran sicarios disfrazados. Se equivocaron, vinieron por los miembros de una banda rival y por error mataron a los menores.

En eso irrumpieron los Hare Krishnas con cantos y bailes. Y cayó una lluvia extraña, una mezcla de pelotas de granizo y de cenizas volcánicas.

15. Ciudad Juárez

Se fue a Tapachula y regresó; se fue a Tabasco y regresó; se fue a Tampico y regresó. Todo para evitar ir adonde sabía que tenía que ir, a Ciudad Juárez. Finalmente, el miércoles José tomó el avión hacia el antiguo Paso del Norte, situado a 1,120 metros sobre el nivel del mal. En el vuelo directo de Aeroméxico de las 7 de la mañana iban dos pasajeros: él, en el asiento 15A, y una mujer con el pelo teñido color zanahoria en el 9B. Con los ojos encubiertos detrás de gafas oscuras pretendía leer la revista de la aerolínea, pero seguramente dormía, porque antes de despegar había tragado no menos de cuatro somníferos.

Cuando iban a aterrizar, José escrutó el Valle de Juárez: la serranía parecida a la espina dorsal de una lagartija, los llanos atravesados por ríos enfebrecidos y los campos algodoneros que otrora se extendían a lo largo del Río Bravo. "Avienta una piedra y llegará a Texas", hasta hace poco presumían los juarenses, quienes ahora decían: "Avienta una mujer muerta de este lado y cruzará la frontera".

La tolvanera que oscurecía la ciudad daba al caserío un esplendor amarillento como si hubiera recibido un duchazo de orines. Los cactos, semejantes a dedos apuntando al cielo, cruzaban el muro migratorio. Desde el aire, José se imaginó caminando entre las dunas. Hasta que el avión dio un vuelco y se halló planeando sobre Juárez. Entonces, la mujer que había venido durmiendo dos horas y pico se despertó, y José, que aprovechó un asiento vacío al lado de ella, inició una conversación:

—¿Vive en Ciudad Juárez?

—Voy por el fin de semana.

—¿Descanso?

—Trabajo en una gasera.

—¿Es técnica?

—Vendo productos perecederos.

—¿Verduras?

—Cárnicos. Por catálogo. Primero muestro las fotos. Luego, cuando los interesados hacen el pedido, mis socios lo envían.

El avión tocó tierra. José alcanzó a ver el "catálogo" con fotos de chicas adolescentes. Soldados con metralletas rodearon el aparato. Aunque era vuelo interno, el equipaje de los pasajeros fue revisado por máquinas. Pasada una aduana, fueron revisados por la de agricultura y sanidad animal. Los inspectores hacían preguntas mientras los perros olfateaban a mujeres y hombres, olisqueando el pañal de un bebé en brazos de su madre. Un cartel, como de oculista, con signos desfallecientes advertía:

CIUDAD JUÁREZ NO ES UN CAMPO DE TIRO DE SICARIOS.

NO ES UN ESTABLO DE YEGUAS BARATAS Y PUTAS ADOLESCENTES.

NO ES UN CEMENTERIO DE MUJERES RURALES ASESINADAS.

NO ES MERCADO DE ÓRGANOS HUMANOS.

NO ES UN ESTUDIO DE PEDERASTAS PARA HACER PELÍCULAS PORNOGRÁFICAS.

NO ES UN RESERVORIO DE ZOMBIES DROGADOS.

NO ES UN MERCADO DE ESCLAVOS PARA LAS MULTINACIONALES DE PISA, GANA Y CORRE.

CIUDAD JUÁREZ CLAMA POR SU DIGNIDAD Y POR SU DERECHO A SER UN LUGAR DONDE LOS DERECHOS HUMANOS MÁS BÁSICOS SE RESPETEN.

—Bienvenido a la ciudad más mortífera del mundo, soy su taxista, Ramón Villa, indio huichol al que le gusta el whisky y el peyote —a la salida del aeropuerto se apersonó un hombre chimuelo con una banda wixárika en el pelo negro. Parecía un Dorado del Centauro del Norte—. ¿Adónde lo llevo?

—Al hotel Edén.

En el coche, el chofer empezó a alimentar su paranoia:

—Míster, para que se ubique, sepa que viaja en un taxi del Señor de la Frontera, se hospedará en un hotel del Señor de la Frontera, comerá en un restaurante del Señor de la Frontera, y sacará dinero de un cajero automático de uno de sus bancos. Cuando en Pueblo Amigo compre un souvenir será en una tienda suya. Los tentáculos del Señor son tan largos que cruzan el puente internacional, pues hasta los motoristas y los peatones que pacientemente esperan irse al otro lado trabajan para él… No se aflija, si está en buenos términos con él y no comete actos de delación, su estancia en Juárez será placentera.

—Esa cruz a mitad de la calle, ¿qué es?

—Esa cruz con madera de durmientes se erigió en memoria de las seiscientas muertas de Juárez, sin contar las tres mil y pico desaparecidas. Cada clavo corresponde a una. Por eso en cada clavo hay un nombre. El primero evoca a Alma Chavarría Fábila o Alma Chavira Farel, la primera muerta de Juárez. Su cadáver se encontró el 23 de enero de 1993 en la colonia Campestre Virreyes. El otro corresponde a la niña de doce años Gladys Janeth Fierro, hallada violada y estrangulada en el Lote Bravo, al sur del aeropuerto. Las otras son Cecilia, Josefa, Margarita, Lilia, María, Juana… Pero también hay clavos sin nombre… Y nombres sin clavo.

—¿Qué más debo ver?

—Mire al pie de la cruz ese maniquí con los senos destrozados. Es para recordar a las muertas.

—¿Quién las mató?

—Haga su apuesta: A. Una pandilla de narcosatánicos. B. Una banda de traficantes de órganos humanos. C. Un general desquiciado. D. Un gobernador psicópata. E. Un policía asesino serial. F. Un grupo de pornógrafos snuff. G. Un ex presidente de la República. H. La anarquía criminal que convierte a cada ciudadano en un oportunista de la maldad. I. Una organización dedicada al tráfico de personas. J. La impunidad reinante. K. Todos juntos. L. Todo el alfabeto.

—¿Cómo sabe tanto, Ramón?

—Antes de trabajar en el taxi fui periodista, el desempleo me llevó al volante y a tomarle gusto a las películas de horror que se exhiben en las salas al aire libre de Juárez.

—Leí en alguna parte que cuando se le preguntó al presidente de la República sobre los feminicidios, él dijo: "¿Cuáles?". Y volvió la cara hacia otra parte.

—Bueno, cuando se le preguntó al gobernador del estado sobre qué había hecho para arrestar a los homicidas de las mujeres, respondió: "Organizar los archivos". "¿Los archivos?". "Sí, en los archivos hay fotos de chicas asesinadas como la de una adolescente a la que le arrancaron los pechos a dentelladas. Tenía tal expresión de horror en la cara que parecía haber visto al Diablo".

—¿El Diablo no es el Señor de la Frontera?

—Bien puede ser un demonio o un puerco, se le llama "Señor" por seguridad.

—¿Alguien conoce su nombre?

—Tiene muchos nombres. A lo mejor en el gobierno federal se sabe quién es, o quiénes son, pero no trate de averiguarlo, muchos han perdido la lengua y la cabeza por querer saberlo. El Señor tiene apodos femeninos: La Muñeca, La Chanel, La Araña, La Alacrana —mientras el taxista hablaba José veía por la ventana la Avenida Juárez y la Avenida Mariscal, referencias de la strip zone y la vida nocturna—. Ahora no sólo esta zona sino la ciudad entera parece zona de desastre.

—La última vez que vi estas calles estaban llenas de turistas que venían a los bares topless y las pistas de teiboleras —dijo José.

—El Señor tiene varias casas: en Avenida 16 de Septiembre, en Avenida Revolución, en Avenida Patria, junto al Paso del Norte y cerca del aeropuerto. No se acerque a ninguna, halcones y ojos electrónicos vigilan sus puertas. Nadie sabe en qué parte de la ciudad él duerme, fornica, traga y se divierte como chango.

—¿Alguien sabe dónde está?

—El Señor es como Tezcatlipoca: está en todas partes y en ninguna. Cuando sale retratado en el Hotel Misión o en el

Salón Cisne es que anda en Acapulco o en Cancún y un doble suyo asistió al evento social.

—¿Se ha topado con él?

—Dios me libre, es como encontrarse con una víbora de cascabel.

—¿No siente curiosidad?

—Me basta verlo en los retratos hablados, aunque las descripciones sean falsas. Lo hacen chiquito, flaco, bizco, bigotudo, gordo, calvo, afeminado. Si me lo llego a encontrar preferiría no saber quién es. A veces corren rumores de que el Señor está enfermo de cáncer o de que fue ejecutado, pero luego aparece en las páginas de sociales muy bien acompañado. Le recomiendo una cosa: No trate de engañar al Señor sobre el motivo de su viaje, sus halcones ya lo enteraron de su presencia. Tal vez desde el momento mismo en que tomó el avión en el D.F., pues las aerolíneas le pasan las listas de pasajeros.

—¿Me habrá visto salir del aeropuerto?

—Él no, está muy ocupado, su gente lo habrá fotografiado saliendo del avión. ¿A qué vino? ¿Es periodista?

—Vine a buscar a mi hermano menor.

—Se está metiendo en un pantano de inseguridad, pronto los extorsionadores querrán protegerlo de usted mismo.

—No tengo dinero que ofrecerles.

—Mejor será darles algo, por cualquier cosa lo quiebran. Muchos comerciantes cerraron sus negocios por los espontáneos del crimen que se ganan el pan con la sangre del prójimo. Aquí hay zombies que matan por diez dólares. Aquí el Padre Nuestro reza "el Narco muerto de cada día".

—Leí que en Juárez el cinturón de seguridad del viajero es una correa que jala un comandante de la policía.

—Cierto, el primer cinturón del Señor son los oídos y los ojos de los halcones que recorren la periferia en coche, moto o a pie y avisan de los movimientos del ejército y la policía, y de los cárteles rivales que entran a la ciudad. El segundo lo conforman taxistas y hombres y mujeres distribuidos en terminales, hoteles, restaurantes y antros. Ellos reportan al Señor sobre la presencia de intrusos. El tercero lo componen sicarios duros que acompañan al Señor día y noche, dispuestos a morir por él.

—¿Algo más que deba saber?

—Yo seré su guía mientras esté en Juárez.

—No lo he contratado.

—Le recomiendo que lo haga.

—¿Cuánto al día?

—Ya nos pondremos de acuerdo, según el sapo es la pedrada. Saldremos temprano. Lo espero abajo del hotel. Unas veces iremos en carro, otras a pie. Primero, al cementerio.

16. Hotel Edén

—¿Cómo se llamaba su pariente? —preguntó el recepcionista del Edén.

—¿Cómo sabe que vine a buscar a un pariente y por qué dice se llamaba? —José echó un vistazo rápido al vestíbulo de ese dormitorio de mala muerte donde los empleados salían a la calle a pescar clientes.

—Cuando alguien llega aquí viene para buscar a un desaparecido.

—Creo que una banda trajo a mi hermano a Juárez.

—¿Le pidieron rescate?

—No.

—Entonces no fue un secuestro, fue una ejecución, descanse en paz su hermano.

—Indagaré sobre su paradero.

—Si va a indagar sobre la suerte que corrió su hermano cuídese de que no corra usted su suerte… Repito, ¿cómo se llamaba su pariente?

—Lucas Navaja.

—¿Y usted?

—José Navaja.

—Señor Navaja, más que recomendarle que haga un tour de antros o que entreviste a policías, visite la morgue, el cementerio.

—Me abruma su pesimismo.

—Nadie escoge este hotel por su categoría, sino por el precio y la ubicación. Algunos hoteles del mismo precio se hallan a corta distancia de los giros negros o de las áreas de operación de los sicarios, o muy lejos del aeropuerto y el paso internacional, por eso este le conviene.

—¿Registro mi nombre en el libro?

—Será útil en caso de desaparición.

—¿Para notificar a la policía?

—Para informar a los servicios de inteligencia del Señor.

—No tengo equipaje.

—Lo noté.

—¿Y esa figura que adorna el tablero de llaves?

—Es Jesús Malverde, el santo de los narcos, lo puse allí para impresionar a los sicarios, así creerán que soy de su condición.

José cogió la llave que le tendía el recepcionista y atravesó el vestíbulo. Una televisión hablaba para nadie. En la cafetería un hombre con cara cadavérica bebía un café frío. José leyó un aviso en la pared:

CONSEJOS PARA LOS QUE VISITAN JUÁREZ

Si está listo para irse de parranda pensando que es seguro correr por las calles aullándole a la luna, a los hombres lobos y a las mujeres víboras, recuerde que la parranda puede acabar en un sepelio.

Si cree que en Juárez se vale "cualquier cosa pasa", violaciones, perversiones, ejecuciones: ya pasaron esos días, y ahora hasta un flirteo inoportuno puede pagarse con la vida.

Evite discusiones y altercados con desconocidos en los sitios públicos. Recuerde que muchas riñas en antros se dan por un "Qué me miras, wuey", y la mayor parte de peleas en que se ven envueltos los visitantes está ligada al consumo de alcohol o de drogas o disputas por mujeres. Si no quiere enfrentamientos con la policía, no piense que puede salirse con la suya pagando una mordida. Sea prudente y mantenga una conducta moderada.

Cuando al final de la noche le presenten la cuenta, por excesiva que sea, salde las cervezas, los tequilas y las otras bebidas que le cobran, que ordenó solo o acompañado, o consumió su vecino, pues el monto a pagar será poco en comparación con los daños físicos que puede sufrir por hacer reclamos de cobros indebidos.

Si acude a un antro, no tome fotos, o mejor no lleve cámara. Sea discreto y no trate de saber quién es la persona que se encuentra en la mesa de al lado. Y si por alguna circunstancia se cruza con alguien en un pasillo, no haga contacto visual, un cruce de miradas puede resultarle fatal. Sobre todo, cuídese de hacer contacto visual o verbal con la chica que está parada o sentada cerca de usted, aunque no la vea acompañada puede ser que su celoso guardián ande cerca o que un guarura esté vigilando que las moscas no se paren en su pastel. Un taco de ojo puede dejarlo ciego.

Esté atento, no dé la espalda a puertas ni ventanas, fíjese en quién entra y quién sale, en qué se dice y qué se calla, alguien puede ser peligroso aunque parezca tonto. Si hay una pelea no reaccione con pánico, manténgase al margen, pero esté listo para meterse debajo de la mesa, tirarse al piso o echarse a correr. Hallarse en el lugar equivocado con gente equivocada en el momento equivocado puede resultarle fatal.

No importa qué alivianado ande: cuidado con la Parca, esa zorra vestida de mujer que camina despreocupadamente de noche por las calles con su guadaña al hombro y le hace un guiño.

Recuerde, Juárez es una ciudad de oportunidades donde la gente se revienta o se reinventa. También recuerde, aquí la droga es como una hamburguesa de MacDonald's: siempre hay una en su camino.

No se olvide: en la ciudad que nunca duerme, la muerte es como un sueño. Respire hondo y disfrute su estancia.

Honorable Ayuntamiento de Ciudad Juárez

José subió por una escalera que lo conducía a su cuarto en la tercera planta. Al fondo del corredor estaba una Salida de

Emergencia, que no era salida de emergencia porque la puerta daba a una pared.

Al pasar por el pasillo, José se encontró, sentada en un sofá, a la mujer que había venido durmiendo durante el vuelo, mas ella pretendió no conocerlo. Antes de viajar él había realizado una pequeña encuesta sobre el paradero de su hermano entre sus conocidos. Uno dijo: "Estará en Ciudad Juárez". "¿Por qué allá?". "Porque tu hermano es un cábula, un méndigo, un gandalla". "¿Habrá viajado a Juárez por su voluntad?". "Posiblemente fue invitado por sus socios criminales o secuestrado por una nena". Una ex amante de Lucas le confió un secreto, el cual para José no era novedad: "Una banda se lo habrá llevado a Juárez para aclarar cuentas pendientes o para pagar deudas de droga o para responder por una chica que le dieron a cuidar, y allá lo mantendrán hasta que pague, lo que es difícil, pues él mismo consumió la mercancía o se gastó el dinero o se enredó con la chica. Lo más probable es que busquen a un pariente para que arregle la deuda o el rescate". "No yo", José fue contundente en su respuesta para que nadie dudara de que no quería verse involucrado en los líos de su hermano. "A lo mejor por insolvente lo ejecutan", dijo la ex amante. "Viajaré a Juárez para buscarlo, es mi deber de hermano, pero hasta allí, no más", replicó él.

—La ventaja de hallarse en una ciudad como ésta es que uno puede hospedarse en un hotel ruidoso y hallarlo quieto; tener tentaciones, pero antes de aventurarse en la calle reflexionar sobre la conveniencia de salir. En suma, por seguridad uno debe reducir sus movimientos al mínimo.

Parado delante de la ventana, José divisó en la plaza a una viuda vestida de negro gesticulando con las manos; reparó en un hombre que lo estaba observando desde una camioneta negra. Pero en ese momento, más que el temor de ser espiado por el Señor le afectó ver en la calle a un perro atropellado. Era irónico, pero en la ciudad más mortífera del mundo la vista de ese animal chillando en el pavimento se le hizo insoportable.

17. El cementerio

En las afueras de la ciudad estaba el cementerio San Rafael. Tanto las tumbas sencillas como las fosas colectivas eran habitadas por delincuentes, prostitutas, adictos, policías, sicarios e inocentes. En la explanada un músico con sombrero negro, camisa blanca y pantalones negros tocaba en un instrumento portátil música norteña para despedir a su hermano, un policía de 22 años asesinado en el Paseo El Triunfo. Desconocidos a bordo de una camioneta negra lo habían arrojado en un basurero. Una joven viuda, que se tapaba el sol con una mano y con la otra cogía un niño, lo escuchaba tocar. Un viento plomizo levantaba polvo como si de la mezcla del blanco y del negro se produjeran tonos grises.

José, acompañado de Ramón, notó que las tumbas rebasaban los límites del cementerio, pues cada día brotaban nuevas como hongos después de un aguacero. De cemento, piedra o tierra, algunas estaban marcadas con cruces blancas y azules. O con cruces de pobre hechas por gente temerosa de ser acribillada por los asesinos de algún familiar.

JABIER GONSALES BALENSIA, ESPESIERO

El nombre del muerto, escrito a mano con faltas de ortografía, no tenía fecha de nacimiento ni de muerte. Tan concisamente había sido trazado que daba la impresión de que el espacio para escribir una palabra o un número se había acabado en los palos cruzados. O, lo peor, que el pariente que lo componía se había dado a la fuga ante la llegada de sicarios.

Otros difuntos llevaban la fecha en que fueron encontrados en una calle o en un antro, o el del día en que llegaron al forense, no la de su nacimiento o muerte. Los túmulos denunciaban la prisa de los que entierran sin ceremonia alguna a parientes que deben ser enterrados con prisa y sin ceremonia alguna: casi clandestinamente, a riesgo de ser enterrados con ellos. Sobre los migrantes que llegaron a Juárez desconocidos se habían ido de Juárez desconocidos, sepultados en fosas comunes entre delincuentes no reclamados.

Había sepulturas de mujeres que guardaban más despojos que cuerpos, más alusiones que nombres, pues los funcionarios, gordos de carroña, a cuyo cargo estaba la investigación de su muerte, no sólo no investigaban nada, sino que pasaban el tiempo en clubes exclusivos codeándose con asesinos.

El viejo enterrador, quien disponía de los ataúdes con las manos desnudas, casi no tenía fuerzas para levantar la pala para excavar más, pues el trabajo de bajar los cajones de los adolescentes masacrados durante una fiesta estudiantil para celebrar el triunfo de su equipo de futbol le resultaba pesado. Entre los ataúdes que había bajado durante sus años de sepulturero, éstos eran los más pesados, hechos de pesadumbre y de nada, los materiales más pesados del mundo.

—¿Por qué se dice que la matanza se cometió por error?

—Los sicarios de un cártel buscaban a los sicarios de otro cártel. El capo que ordenó que apretaran los gatillos fue un sujeto apodado El 12. Gritó: "Maten a todos parejo".

—Si Juárez es una ciudad sitiada por el ejército, ¿cómo pudo pasar esto?

—Porque algunos militares trabajan para los cárteles.

—¿Por qué trabaja aquí?

—Porque en esta ciudad llena de casas abandonadas, edificios incendiados, negocios cerrados y fantasmas vivos, el mejor negocio del mundo es trabajar en un cementerio.

—Y sobre la justicia, qué.

—México es un país mágico donde hay asesinados, pero no asesinos.

—O Ciudad Juárez es una *Divina Comedia* sin paraíso, un infierno sin Satanás. Quien la visita desciende a un círculo dantesco de ángeles caídos y Beatrices contaminadas —dijo José, aunque sabía que no iba a ser entendido.

—Discúlpeme, tengo tareas pendientes.

Alberto, presente. Te queremos. Te extrañamos.

Si-ki-ti-bum a la bim-bom-bam, a la bio, a la bao, a la bim, bom, bam...

Al borde de una tumba gritaban los amigos de un chico acribillado.

Vicente, Vicente, vivirás para siempre, ra-ra-rá.

Replicaron los niños a la orilla de otra tumba.

—No se acerquen al hoyo, se pueden caer —advirtió una mujer con voz quebrada, y la cabeza envuelta en un chal negro. En las mejillas se le habían quedado atoradas como costras lágrimas secas.

A unos metros, otro sepulturero, con un sombrero negro tapándole la cara y un cigarrillo en la boca, arrojaba a una fosa los cuerpos de dos niños en ataúdes de cartón. Hizo el hoyo como una trinchera. Echó los terrones lo mismo sobre los ataúdes y los zapatos de los deudos.

—Mire en esa cubeta con hielo esa cabeza, tiene la boca llena de arena, los ojos abiertos y las venas colgando. Qué asco —dijo Ramón.

—El artista de esa Medusa no es Caravaggio, es un obrero del horror, un talador de cuerpos experto en el uso de la motosierra, no del hacha ni de la espada —José sintió que los ojos del decapitado lo miraban con expresión de loco, como si antes de la decapitación lo hubieran torturado—. Decapitar a los enemigos para infundir terror a los vivos no es nuevo, recordemos a los mártires del cristianismo y a los guerreros regresando de una batalla con las cabezas de los vencidos cogidas de los cabellos; y a la diosa Kali danzando en las piras funerales con un collar de cabezas. Mucho menos debemos olvidar a la Coatlicue decapitada, esa diosa del terror telúrico.

—Acuérdese, señor, lo que pasó la madrugada del 6 de septiembre de 2006 en el bar Sol y Sombra de Uruapan —dijo el sepulturero—, que llegaron veinte sicarios encapuchados vestidos de negro y arrojaron en la pista de baile cinco cabezas en bolsas de plástico negro. Los verdugos antes de retirarse dejaron una cartulina que decía: "La familia no mata por paga, no mata mujeres, no mata inocentes, se muere quien debe morir, sépanlo toda la gente, esto es: Justicia divina".

—Don José, ¿ha visto a la mujer que viene entre las tumbas hablando por un celular? Avanza como si no quisiera llegar a la cita consigo misma.

—Veo a ese chamaco con shorts floreados, ¿se equivocó de parque?

—Aquí los parques son más peligrosos que los antros.

—¿Cómo se llama?

—Sin Nombre.

—¿Por qué?

—Mientras los sicarios ejecutaban a sus padres, a él lo encerraron en el baño de la casa. Perdió el habla.

—¿Dónde vive?

—En los cementerios, busca a su padre en una fosa común. A la mamá se le sepultó en otro cementerio, entre los muertos del día. Para comer mendiga y su cama es el suelo. Pasa los días calientes de Juárez en los campos de alfalfa o bajo los puentes. De noche roba casas reventadas. Ha tenido suerte, los sicarios que mataron a sus padres aún no lo encuentran.

—¿Vio a los asesinos?

—No sólo los vio, se halla con ellos cada noche.

—¿En la calle?

—En sus pesadillas.

—¿Hay muchos narco-huérfanos en la ciudad?

—Abundan como perros callejeros.

—¿Podría hablar con él?

—No habla.

—¿Por ser mudo?

—Por espanto.

—Sin Nombre —lo llamó José.

El chico no contestó.

—¿Qué estará pensando?

—El niño no piensa, siente; cuando oye un tiro ve a sus padres abatidos.

—Creo que dice algo —José trató de captar la frase breve, casi interior, que balbuceaba.

—El chico teme a los golpes como un perro apaleado.

—Los ojos le brillan detrás de un velo de sangre.

—Sin problemas, este caballerito vivirá de vender droga, objetos robados y de venderse a sí mismo —Ramón, restregándose los ojos como si le hubiese caído una basurilla, lo vio alejarse.

—Será monstruo o santo.

—O pobre diablo.

—Silencio, si me ve con usted me matará.

—¿Quién?

—El hombre con cola de caballo que está mirando hacia acá con los binoculares.

18. El sepelio

José y Ramón buscaron la salida. Las tumbas seguían más allá del cementerio. Las fosas clandestinas continuaban en las calles, se metían en las casas, en las maquiladoras, en los comercios cerrados. La Flaca atravesaba puertas y paredes, llegaba al desierto, cruzaba la frontera.

Cuando se toparon con el sepulturero del sombrero negro, un sarape le cubría la espalda. En orden de entierro ponía a los difuntos. Primero a la dama, luego al anciano, al último el menor acribillado por un policía.

—Busco a mi hermano —dijo José Navaja.

—No sé nada.

—No le dicho su nombre y ya lo niega.

—Aquí los muertos llegan sin nombre.

—Sus características…

—Ni se moleste. Para mí las características de los occisos son las que trae el manual que me aprendí a huevo, ja-ja-já: "En los cadáveres recién enterrados los órganos internos se desintegran y fluidifican, se producen gases que al expandirse hinchan el cuerpo, y al escapar por la boca arrastran líquidos sanguinolentos que la tiñen de rojo, también vuelven protuberantes los glóbulos oculares y separan los párpados, de manera que parece que el difunto abre desmesuradamente los ojos".

—¿Me está hablando de vampiros?

—Ja-ja-já.

—Aquel, ¿quién es? —José señaló un bulto envuelto en una cobija.

—El Anciano, un delincuente de poca monta. Quiso extorsionar al Señor, ja-ja-já, y lo echaron al bote de la basura. Con un letrero colgado del cuello: "Con el Señor no te metas".

—Aquella chica cubierta con una bandera, ¿quién es?

—No está identificada —el hombre levantó el trapo que le cubría la cara.

—Tápenla, hacia acá vienen unos niños —pidió la mujer que entre las tumbas hablaba por el celular.

—Yo la conocí, se desnudaba en Los Encapuchados, donde los clientes bailan con capuchas negras. Tenía un culo que quitaba el sueño —dijo Ramón—. Una vez la llevé en mi taxi.

—Su cuerpo está rígido, pero sus ojos espantados reflejan el horror de su último minuto —dijo el enterrador.

—Oí que un tipo con máscara del diablo la mató, que le arrancó los pechos a dentelladas.

—Ja-ja-já —el sepulturero tosió las palabras como si fuesen tierra—. Vean, alguien le puso sobre la cara una máscara negra.

—Tuvo suerte, le practicaron la autopsia *in extremis* —observó Ramón—. En los últimos días, por la ola de ejecuciones que sacude a Juárez se colapsó la capacidad del Servicio Médico Forense y los cuerpos no reclamados van a la fosa común. Sobre esta chica se dice que para escapar de sus perseguidores se metió en un cine para ocultarse, pero el cine estaba vacío, porque aquí la gente no va al cine.

—Los asesinos seriales de este cine de horror andan sueltos, sus víctimas no aparecen en los hipódromos ni a las puertas de los bancos, sino fuera de pantalla, cosidos a puñaladas —dijo José.

—Cuando ella quiso salir del cine, entró una pareja, también perseguida, y se sentó a su lado. Los sicarios los mataron a los tres. Fue pura coincidencia que la chica y la pareja aparecieran la misma madrugada. Los sicarios dejaron una pinta:

POR SOPLONES

—Cuidado —los interrumpió el enterrador.

—¿Qué?

—En aquella colina, un hombre con cola de caballo los está observando con unos binoculares. Es un asesino.

—Ya lo vimos.

En ese momento entre las tumbas se escuchó música. Una banda acompañaba el sepelio de un niño, como en los pueblos de Oaxaca. Los familiares, vestidos de blanco, con flores y cirios encendidos, entonaban cánticos fúnebres celebrando que el alma del niño sería recibida esa mañana en el cielo por San Pedro. Sobre la sencilla caja de madera habían colocado una cruz de palma bendita. Llevaban perros negros, porque de acuerdo al ritual mazateco a la hora de la muerte los muertos tenían que cruzar un río ancho y profundo y debían hacerlo agarrados a la cola de un perro negro. Pero tres camionetas negras rodearon el cortejo; hombres armados descendieron disparando a músicos y familiares. Las balas picotearon el pasto y todos se echaron a correr.

19. El Santo vs. La Mujer Vampiro

VERGELES DEL DESIERTO
Este jueves estás invitado a nuestra súper fiesta.
No te pierdas el reventón con las mujeres más bellas y los hombres más feos de Juárez.
Te esperamos a partir de las 10 de la noche, hasta el amanecer o hasta que el cuerpo aguante.
No faltes. Nos vemos en
VERGELES DEL DESIERTO

—Mire, alguien dejó en el asiento del taxi un volante, aunque las ventanas y las puertas estaban cerradas —dijo Ramón Villa.

José iba a tirar el papel, el huichol se lo quitó de las manos.

—No lo haga, lo invitan a una fiesta. Alguien quiere decirle algo.

—¿Cómo sabe?

—Su hermano Lucas era un cliente habitual de La Sirena y El Donki.

—¿Lo conoció?

—Me topé con él dos veces, acompañando a una buchona espectacular con gafas de piloto espacial.

—Mmmhhh.

—Allí está El Mariachi, tiene doce años y ya tortura y mata, maneja cuchillos como un malabarista y carga metralletas como guitarras. En la camioneta de sus hermanas se lleva los cadáveres de los ejecutados. Fotos suyas salieron en el periódico. En una está cortándole el cuello a un hombre; en otra está dándole de latigazos a una chica crucificada. En la tercera, cuelga a un sicario del Puente Rotario, con los genitales en la boca. El policía que lo descolgó le dejó la soga en el cuello como listón de duelo.

El chico más que temible parecía estrafalario. Vestido como un punk, llevaba pantalones anchos, camiseta dos tallas más grande, el pelo como una cresta, muñequeras, botas, un arete dorado en la oreja izquierda, una argolla en la nariz y un brillante debajo del labio inferior.

—Mire, un perro —Ramón indicó algo entre las lápidas.

—No lo veo.

—Es un xolo.

"No puede ser Pek, se quedó en casa —pensó José—. Es imposible que haya recorrido miles de kilómetros de distancia para llegar hasta acá".

—Mire, allá —Ramón Villa señaló una camioneta negra. Dos hombres con armas automáticas en las manos peinaban el cementerio.

—Ahora, qué.

—Andan cazando. Son agentes de la Policía Federal. No los vea, balean por cualquier cosa.

—Demasiado tarde, me vieron que los vi.

—¿Se te perdió algo, bato? —un policía con una cicatriz en la cara le espetó desde la primera camioneta.

—No, nada.

—¿No se te extravió ningún pariente?

—No, nadie.

—Entonces, ¿qué andas haciendo en Ciudad Juárez?

—Vine a visitar a un hermano.

—¿Narco?

—Empresario de espectáculos.

—Si encuentras a la puta madre que te parió, salúdamela de mi parte —el otro policía se llevó las manos a las sienes como si le doliera la cabeza.

José no respondió.

—Ai te regalo al wuey —el policía de la cicatriz abrió la puerta y dejó caer un cuerpo—. Dime si respira, porque si está vivo vuelvo para matarlo.

—¡Arriba la muerte! —chilló el policía de las manos en las sienes.

—Llamen a una ambulancia —gritó José al ver al chico desangrándose.

—El wey no le duró un minuto a la Mujer Vampiro.

—¿Quién es la Mujer Vampiro?

—Mi comandante; cuando lucha se viste de mujer.

Los policías se fueron. José se acercó al chico envuelto en una capa plateada como la del luchador El Santo. Tenía los brazos heridos y los pantalones debajo de las rodillas. El policía de la cicatriz regresó para arrancarle la máscara plateada. Descubrió un rostro aterrorizado. En el suelo, en un cartón escrito a mano, se anunciaba:

EL SANTO VS LA MUJER VAMPIRO
MASCARA CONTRA COLMILLOS

Comenzó a llover. Se desbordó el Río Bravo. Los diques cedieron por la presión del agua. Los arroyos salieron de sus cauces, los cruceros viales se inundaron, docenas de vehículos se quedaron varados en espera de ser retirados con máquinas de arrastre. Una represa se reventó al llegar a su máxima capacidad y un vago que dormía a sus orillas fue arrastrado por la corriente. Las autoridades de Protección Civil declararon la alerta naranja. Por la noche, unas 600 personas de las colonias Ladrillera y Fronteriza Alta y Baja, asentadas en zonas de alto riesgo, fueron trasladadas por grupos de rescate a albergues acondicionados en gimnasios municipales. Se les desalojó a la fuerza, pues se negaban a abandonar sus domicilios por miedo a la rapiña. La lluvia cayó tan intensamente como no se había visto en mucho tiempo. El Servicio Meteorológico alertó que en menos de 36 horas habría otra tromba en el Valle de Juárez, con presencia de tormentas eléctricas y vientos de entre 25 y 35 kilómetros por hora. La vecina ciudad de El Paso fue declarada zona de emergencia por las autoridades estadounidenses. A través de la lluvia dijo una voz por radio. "Noticias de última hora: Una mujer de 30 años, encinta y en avanzado estado de descomposición, fue localizada en Colinas del Desierto. La víctima estaba boca abajo y por las condiciones en que se le encontró se cree que llevaba veinticuatro horas muerta. Era de complexión delgada, llevaba pantalón de mezclilla azul, blusa verde y tenis blancos. El hallazgo se realizó hacia las 6:30 de ayer. Peritos del

Servicio Médico Forense le apreciaron dos heridas a la altura del cuello y un corte en el muslo derecho. La causa de muerte la determinarán los especialistas en medicina forense cuando le practiquen la autopsia de ley. Con esta víctima van 666 mujeres asesinadas, todas con el número 6 tatuado en las nalgas". La locutora siguió hablando, pero la tormenta ahogó su voz.

Llovía y llovía. Ráfagas de lluvia borraron las mansiones del Señor de la Frontera, la camioneta negra, las calles y el cementerio; la Sierra de Juárez y los puentes internacionales. Los ojos de los matones quedaron del otro lado de la lluvia. Llovía y llovía. Pero a pesar de las aguas, la del río Bravo que se desbordaba y la que caía del cielo entre relámpagos y truenos, José sintió que nada, nada podría lavar la sangre vertida en los altares de la muerte de Ciudad Juárez, aunque el único elemento que podría traer perdón y olvido a ese valle de dolor y miseria era la lluvia.

20. Noticias de la tarde

—Malas noticias, el Señor conoce su nombre. Buenas también, telefonearon para darle una cita. Lo esperan esta tarde en la mansión del desierto —comunicó a José el recepcionista del hotel.

—¿Cómo supo el Señor que estoy aquí?

—Por una palomita.

—¿Dónde queda la mansión?

—Camino de Médanos de Samalayuca.

—¿Quién habló?

—No dio el nombre.

—¿Dejó número de teléfono?

—Sólo dijo que estuviera allá a las seis.

—¿Puede llevarme Ramón?

—Hoy no trabaja, le llamo un taxi.

—Bueno.

—Antes de llevarlo a Médanos de Samalayuca, ¿desea un tour por la ciudad? —preguntó el taxista, sin bajarse del auto.

—No.

—Ese lugar está a varios kilómetros de aquí.

—Lo sé.

—¿Lo espero?

—Si no le importa, ¿tiene mapa?

—Sí, pero no lo uso, llego al tanteo.

—¿Y si se pierde?

—Por allá preguntamos —el taxista arrancó. En su salida del centro, congestionado por las ruteras, los automóviles particulares y las cuarenta terminales de camiones de pasajeros con salidas continuas, José fue viendo por la ventanilla anuncios de farmacias y de gaseras y, sobre todo, prostitutas de ambos sexos de pie en las plazas y en las afueras de los hoteles cercanos al Consulado Americano. Abundaban las casas de pompas fúnebres: Capilla Renacimiento, Funeraria Persis, Funeraria Inhumaciones, Funerarias y Cementerios, Funerales Acosta. En un afiche se mostraba al Loco Valdés, el hijo predilecto de Ciudad Juárez, con las cejas rasuradas, los ojos pelones, la bocaza abierta y la lengua de fuera en su película *Entre ficheras anda el diablo*.

—En Ciudad Juárez nadie se puede perder, todas las rutas van al centro o al cementerio —le dijo el chofer, y prendió el radio. Un hombre dijo: "El Noticiero del Valle de Juárez llega hasta su hogar y hasta su coche con las noticias de la tarde: Durante un enfrentamiento entre bandas rivales, murieron siete personas, entre ellas dos niñas. Gladys Janeth Fierro, la chica de doce años que fue raptada y estrangulada en mayo de 1993, y cuyo cuerpo sin vida fue hallado en Lote Bravo, al sur del aeropuerto de Ciudad Juárez, sigue siendo el primer eslabón de la larga cadena de asesinatos de mujeres en la frontera con Estados Unidos aún sin esclarecer. Cinco delincuentes comandados por una mujer irrumpieron en el bar El Submarino la madrugada del domingo y dispararon contra los clientes. El saldo fue de siete muertos y ochos lesionados, según la policía. Al sur de la ciudad, el vicario de la diócesis salpicó con agua bendita los cuerpos de personas no reclamadas que se encuentran en las fosas comunes del cementerio de San Rafael. Los grupos delictivos han colocado en las escuelas secundarias cartulinas exigiendo cuotas de protección a los maestros. Como respuesta, los educadores y los padres de familia han levantado bardas y colocado controles electrónicos en los enrejados. Esta tarde el local de Funerales Providencia fue incendiado por la delincuencia organizada. Cuatro sujetos descendieron de un vehículo disparando contra la fachada y lanzaron bombas molotov al interior. Si bien personal del Departamento de Bomberos llegó para apagar las llamas, el negocio quedó lleno de humo y un cuerpo que iba a ser velado quedó totalmente calcinado por el fuego. Cuando reporteros de este noticiero acudieron para cubrir el evento, notaron que del interior dos individuos sacaban a una persona envuelta en bandas de la cabeza a los pies como si fuese herida o disfrazada de momia. "¡Atención, noticia de último momento: ¡Se escapó de la cárcel El Sicario Rabioso! Atacado en su celda por un murciélago infectado por el virus rábico, El Sicario Rabioso es un individuo violento que se exalta por cualquier tipo de estímulo sonoro o luminoso. Tome las precauciones necesarias."

—¿Nos siguen? —por el espejo retrovisor José divisó un camión monstruo que parecía salido de una película de Mad Max. No era el único, detrás de él venían otros vehículos tipo narco-rinoceronte y narco-camello con las llantas blindadas y gruesos escudos de acero. Debajo de un cielo fangoso, como guerreros de la carretera, docenas de sicarios armados se dirigían a pelear contra otros sicarios.

—Es gente de la zona —el chofer señaló una troca cargada de perros al final de la caravana.

—Me refiero a los camiones que van a la guerra.

En el radio, María Antonieta de la Sierra comenzó a cantar *La trova de la niña que faltó a casa*:

Tú que faltaste a casa
y nadie extraña,
tú que moriste al alba,
y nadie reclama,
porque en estas calles
sórdidas de Juárez
hasta Dios se muere
como si nada.

La monotonía de la carretera adormeció a José, y cuando se despertó vio de golpe junto a la carretera docenas de cabezas de caballos cautivas en una prisión de arena.

Algunos equinos, alazanes, bayos, colorados, prietos, tordillos, pardos, aunque tenían los ollares rellenos de tierra y las colas atenazadas bajo el suelo, movían en las cavidades los ojos desorbitados por el estrés. Otros, la mirada vacía y los belfos a nivel del suelo, parecían desplomados sobre sí mismos más que sobre la superficie amarilla. Dos o tres, con las orejas paradas y el hocico abierto, mostraban los dientes como si inmóviles corrieran, sus ojos brillando bajo el ojo podrido del sol.

—¿Qué hacen esas cabezas allí? —preguntó José.

—Son los caballos del capo de un cártel que los pistoleros de otro cártel sepultaron en la arena —dijo el taxista—. Los equinos son una advertencia, la próxima vez plantarán en las dunas las cabezas de sus jinetes.

—Habría que desenterrarlos —dijo él, impresionado por los caballos enterrados en ese inmenso lago amarillo. Y, como si apartara de su frente las crines de los animales, sintió miedo.

—Ni lo intente señor, chofer y pasajero no durarían vivos un minuto, serían sepultados como esos cuadrúpedos, ¿quiere que le explique?

—Entiendo —dijo José en voz baja.

—¿Se fijó en ese del lucero en la frente? Era el favorito de Miss Mazatlán.

Cuando trataba de levantar la cabeza sobre la arena oteó la muerte.

—Basta, sigamos —para apartar la vista de la pesadilla, José volvió la cara hacia el otro lado de la carretera, pero se encontró con que el horizonte estaba atravesado por una vena roja como si la sangre caliente de los caballos enterrados en la arena hubiese subido al cielo. Entonces, apretó los párpados, deseando que el horror no se le metiera dentro.

—Llegamos —minutos después el taxista se bajó del auto para abrirle la puerta.

—¿Me espera?

—Bueno.

Para su sorpresa, el chofer emprendió el retorno a Juárez, quizás tratando de evitar que la noche lo agarrara en despoblado. José lo vio perderse en el desierto. Luego, se dirigió a la puerta verde.

—El señor no está —como si lo hubiese estado esperando vino a decirle un hombre con cola de caballo y ojos lobunos.

—Me citaron a las seis.

—Cancelaron la cita.

—¿Quién la canceló?

—No tengo información.

—¿Dieron otra hora?

—No.

—¿Puedo hablar con el secretario particular del señor?

—No está.

—¿Cuándo podré hacerlo?

—No sé.

—¿Puedo hablar mañana?

—Como guste.

—¿Tiene el número de teléfono?

—No —el hombre con cola de caballo le dio la espalda. Pero no se fue, de repente regresó—. No es de mi incumbencia, soy inofensivo como un bebé, pero soy jefe de seguridad y quiero decirle que al señor le molesta que ande metiendo las narices donde no le importa.

Cuando se escurrió por un costado de la casa, José escudriñó el paisaje adormilado: el cementerio, los médanos, la guacamaya roja que pasó volando sobre las dunas como perdida en el desierto, las cabezas de los caballos enterradas en la arena. Todo eso, en el territorio del mal, le causaba una terrible melancolía.

21. La mansión del Señor de la Frontera

Nadie apagaba las luces. Estaban prendidas día y noche. Una mujer de plástico se asomaba por la barandilla del balcón todo el tiempo, como si se parara al borde de una alberca llena de cuerpos ardientes.

—Si hubiese un ascensor llegaría hasta ella —desde abajo, José examinó a esa chica de ojos verdes que destellaban a la hora del crepúsculo; apreció su peluca de cabello sintético y sus pechos como flotadores. La Plastisex rebosaba juventud y frescura. No obstante que sus ojos aviesos sirvieran para comunicar las imágenes captadas afuera a una central de seguridad, y todo aquel que anduviese en las inmediaciones de la mansión sería detectado por cámaras de vigilancia manejadas por sicarios ocultos.

Nada en la mansión era ostentoso, excepto la torre, con su cúpula visible a varios kilómetros de distancia. La torre, fuera de lugar no sólo en el inmueble sino en el espacio, era la huella de una amiga del Señor que se había emperrado en construirla.

Llamada la Torre Anal, porque como un aparato digestivo terminaba en el esfínter, sus mosaicos de colores resplandecían a la caída de la tarde como heridos por un sol agónico. Y porque mientras los curiosos se entretenían con su visión, en otro lugar del inmueble, por una puerta secreta se descendía a un túnel que atravesaba por debajo del muro migratorio la frontera con Estados Unidos. En ese túnel corría un tren apodado El Círculo del Veneno, ya que llevaba ilegales y drogas, y traía armas y dinero.

La mansión, por su mezcla de diseños mestizos y estilos híbridos (californiano, suizo, mediterráneo, mozárabe y gótico, con columnas griegas) era un popurrí arquitectónico. Desde el exterior no daba la impresión de ostentosa, tampoco de sencilla, pero sí de segura. Con sus muros altos erigidos con materiales a prueba de lanzagranadas, contaba con puertas accionadas desde dentro y pisos subterráneos para vehículos que no debían ser vistos desde fuera.

Su propietario, sin nombre conocido, trataba de hacer creer al prójimo inocente que su mansión no era la propiedad de este o aquel narco, sino el conjunto habitacional de una familia de clase media con aspiraciones sociales —si es que una familia así pudiese contar con los recursos económicos para adquirir doscientas hectáreas de terreno y un vasto pedazo de cielo—. También, quizás, quería mostrar que su casa no era una mansión extraordinaria, sino un conglomerado de edificios pegados uno con otro, sin más relación entre ellos que su vecindad. "El narco no es sólo un tráfico y un negocio, es una narcoestética", solía decir el Señor de los Cien Nombres y ninguno.

José tenía una vaga idea del Castillo de Kafka y a menudo se decía que si Kafka fuese mexicano sería un autor costumbrista. Más aún, si hubiese tenido que definir esa mansión habría dicho que era una obra de un arquitecto narco-kafkiano. Pero no en Praga sino aquí, en el Valle de Juárez.

José no podía quitar la vista de la puerta de metal macizo como si encerrara oro suizo. Pesada y difícil por su blindaje a prueba de bombas y proyectiles, se abría por dentro con un código numérico. Su anchura y altura impedían la vista al interior, el cual, era fama, guardaba secretos, entre ellos la existencia de un salón en el que se exhibían cabezas bañadas en sangre, como el autorretrato del inglés Marc Quinn, que en realidad era una escultura de su propia cabeza rellena con su sangre congelada. Y una gruta con personas reclinadas contra los muros con las piernas cortadas. Esa galería atroz no sólo evocaba una ilustración de Gustavo Doré de un círculo del infierno dantesco, sino era una exposición de muertos vivos, una obra maestra de taxidermia macabra.

El coraje impulsaba a José a querer alzar el tejado de ese palacio kitsch construido gracias a una suma de complicidades (de arquitectos, constructoras, autoridades municipales y lavadores de dinero). Y a examinar como un mago su esófago, sus vísceras, sus recámaras con espejos, sus camas colgadas del techo con cadenas, sus bibliotecas con libros hechizos, sus pisos con pieles de tigres, sus helipuertos, sus establos con caballos de pura sangre, su campo de tiro con entrenadores del ejército y su discoteca imitada del Studio 54, como la del Palacio de la Corrupción del Negro Durazo, el bufonesco pionero de la narcoarquitectura. Ansiaba explorar las entrañas de la narcomansión y descender por el subconsciente de su propietario como si descendiera por su repulsivo intestino grueso.

Si bien los muebles antiguos y modernos, las alfombras persas y los tapetes de arte popular adquiridos en subastas y tiendas de antigüedades no combinaban, eso era lo de menos, pasillos y recámaras se comunicaban entre sí, estaban integrados a un sistema de seguridad central y, a discreción de los servicios de seguridad, podían bloquearse puertas y ventanas, separarse secciones, cerrarse persianas, accionarse cortinas de metal y convertirse todo, todo, en una caja fuerte.

El jardín interior —adornado con yucas, cactáceas y peyotes, y con palmeras y plantas importadas de ecosistemas tropicales— estaba oculto de las miradas de vecinos cuya vida no valía nada, de familia prescindible y de opiniones desechables. Pero a pesar de los cinturones de seguridad, el Señor de la Frontera estaba siempre listo para huir: A cualquier parte, menos de sí mismo, pues como decía el narcocorrido; "de la mafia y del destino nunca nadie se ha escapado". Temeroso de las pequeñas sorpresas, sabía que aunque estaba rodeado por sicarios prontos para morir por él y con él, y aunque tenía avionetas ancladas en el desierto melancólico listas para despegar, la muerte era solitaria.

El Señor de la Frontera era el hombre de los muchos nombres y apodos, con uno auténtico, que nadie conocía. Excepto, tal vez, su madre, cuyo nombre nadie conocía. Se hacía llamar El Coyote, El Amarillo, La Sombra, La Muñeca, El Satánico, El Alacrán y Legión. Sus sicarios eran Las Cucarachas, Las Gringas, Las Babosas, Los Hombres Lobos. Lo masculino y lo femenino se entremezclaban, transgredían los géneros. Sus matones firmaban cadáveres como firmaban cheques. Su sola mención intimidaba a funcionarios y policías en pasos aduanales, prisiones y antros, mientras periodistas había que aseguraban que el Señor era tan católico que mandaba a sus sicarios vestidos de sacerdotes a regar con agua bendita las tumbas de sus víctimas y que, apiadado de los familiares de un narcobaladista ejecutado por cantar las proezas de un capo rival había enviado a la funeraria a María Antonieta de la Sierra a cantar en el velorio.

—Qué ganas de preescribir un obituario del Señor de la Frontera, y en vez de guardarlo en un archivo publicarlo prematuramente para que él y sus sicarios se enteren de su muerte imaginaria —se dijo José Navaja—. El problema es que nadie sabe su nombre verdadero, dónde nació, dónde podría morir y cuál es su paradero actual. Pero no se debería revelar el nombre del periodista que lo redacte, porque el fallecido podría ser él.

Los cronistas de la ciudad habían propagado historias sobre su misericordia, negando que fuese adicto a la cocaína y sufriese de frecuentes hemorragias en la nariz; enfatizando, en cambio, su filantropía. Contaban que haría unos tres años, para corresponder favores sexuales, había financiado el lanzamiento del primer disco de María Antonieta de la Sierra, y que siendo ella de nacionalidad peruana la había hecho nacer en Puerto Palomas. Resaltaban que, porque la cantante era muy púdica, le había regalado imágenes de Wojtyla adornadas con dólares. Asimismo, celebraban su concepto de propiedad erótica, por la costumbre que tenía el Señor de que cuando abandonaba a un/una amante no permitía que éste/a tuviese otro/a en su vida. Pues si llegaba a enterarse de una "infidelidad" o le informaban de que él/ella salía con otro/a mandaba matar a los dos: a él, cortándole los testículos, y a ella, herrándole una A en las nalgas por su apodo de Alacrán.

—¿Te gusta la casita? —un hombre con ropas obsoletas le salió al paso.

—Sinceramente, no —José vio al desconocido como a un Legión.

—¿Quisieras ser el Señor de la Frontera para tener mucho dinero, muchas hembras y muchas propiedades?

—Ni por un millón de dólares quisiera ser él.

—Imagínate que de pronto todo lo que te rodea desaparece y te encuentras en una isla desierta, donde no hay nada ni nadie, sino sólo estás tú, y tienes hambre y sed, y aparece alguien que te pone a la belleza del año en los brazos, toda encuerada, y te ofrece palacios para que la goces, centenarios de oro y ropas para que le seduzcas, y alguien te dice: "Todo esto es tuyo". ¿Estás seguro que no quieres ser el señor de tanta riqueza?

—No la quiero —José echó un vistazo a la mansión, sin ser tentado.

—Loco, pendejo, trágate tu hambre, tu miseria —el desconocido escupió las palabras como Legión, como el hombre que era muchos demonios, a José, que seguía su camino.

—Hey, bro, ¿quieres compañía? —lo alcanzó a grandes zancadas una mujer de pelo castaño, pechos como flotadores, con tanga y zapatos negros de tacón alto. Se parecía a la Plastisex asomada en el balcón. Sus ojos verdosos refulgían bajo el sol poniente.

—¿Quién eres? —José estaba más impresionado por sus uñas largas con corazones dibujados que por su trasero voluptuoso.

—Rebeca Montoya.

—Mucho gusto.

—Te invito a tomar una copa en mi depa.

—Gracias, tengo asuntos pendientes.

—¿Ya no puedes copular?

—No contigo —él echó a andar.

—Maricón, impotente —ella le mostró su sexo como una araña.

22. Montería infernal, cacería al hombre

Como envueltas en una nube amarilla, las siluetas de los perros surgieron en la distancia. Aunque por un momento creyó que eran puercos y que, camino del matadero, el conductor de un camión apiadándose de ellos los había liberado —cosa improbable, porque en una región donde la vida de un ser humano valía nada, la vida de un animal valía menos que nada—. Mas a través de la cortina de arena las figuras poco a poco se definieron y, más cerca, la imagen de un perro negro se precisó.

—¿Qué estarán haciendo esos perros aquí? ¿Serán los que ayer en una iglesia atacaron a los invitados de una boda, lesionando a la novia, mientras unos sicarios se llevaban al novio? ¿Será la misma jauría que en el panteón San Rafael se lanzó contra el cortejo de un entierro? —José recordaba algo en un periódico, mientras la manada atravesaba el paisaje amarillo como salida de un crepúsculo aterrizado. Un letrero advertía:

PROPIEDAD PRIVADA
El que la traspase se atiene a las consecuencias

Temeroso de pisar límites prohibidos, José se detuvo al borde de la carretera. Pero seguro de haber tomado la dirección equivocada y de alejarse del hotel más que acercarse, se puso a calcular el tiempo que le llevaría andar ese paso desértico. Pero pronto empezó a ver que las trocas destartaladas y los camiones de carga conducidos por chóferes con sombreros en forma de taco cambiaban de apariencia. Los vehículos con que se había topado camino de la mansión del Señor de la Frontera —tipo guerreros de la carretera, narco-rinoceronte y narco-camello, con sus gruesas llantas blindadas y su capacidad para transportar hombres armados, kilos de droga, arsenales y taladros Drill Machine Pistols para torturar, estaban de regreso: acribillados, como si hubieran perdido la batalla debajo del crepúsculo.

Ante la caravana derrotada que atravesaba lentamente el desierto, José se sintió cansado. Y se sentó en un banco delante de un anuncio:

A LA PLAYA

El espectacular que gritaba sus colores chillones en el desierto le hacía un flaco favor al mar. Además, la enorme fotografía en la que aparecía una joven costeña, quien por su aspecto físico no daba la impresión de poderse pagar un viaje a la Riviera Maya, era poco persuasiva.

—Los funcionarios de la Secretaría de Turismo gastan por gastar y no saben en qué país viven —se decía José cuando dos sicarios salieron de atrás del anuncio y le cubrieron la cara con un trapo untado con éter.

Cuando volvió en sí, los perros ya estaban allí, en la parada de mala muerte de un autobús con un letrero sobre la trompa:

Zaragoza, El Porvenir, Cajoncitos,
Cuchillo Pardo y anexas

Dos veces al día se detenía el autobús; pero, por prudencia, ninguna mujer debía abordarlo. Pues, ¿no era en esas rutas en las que las mujeres de las maquiladoras eran raptadas para luego aparecer violadas, torturadas y muertas en los aledaños de Juárez? Como los asesinos verdaderos no habían sido detenidos, mejor no abordar un autobús como esos, aunque uno fuese del género masculino.

—¿Qué harán aquí esos perros? No son ferales ni vienen de los ranchos. Algo raro está pasando —José se puso la mano como visera, hasta que divisó del otro lado de la carretera una forma humana vestida de negro que lo estaba observando con unos binoculares.

Los perros se acercaban, él podía oír sus pisadas y su jadear. Escuchaba sus gruñidos, sus ladridos amenazantes y hasta dolientes, como si las ganas de atacar los hiciesen chillar. En la jauría el perro negro se paraba y aullaba; seguía su camino, se detenía y aullaba, sin poder contener su furia.

—Montería infernal, cacería al hombre —José vio a un akita echársele encima para morderlo, encarnizado por la sangre que sacaba de sus heridas y por la presa que él mismo sacudía. Y aunque le daba de patadas parecía blindado, resistente a los golpes y al dolor.

Un rottweiler cayó sobre su espalda como becerro negro. Le clavó los dientes igual que si tuviese tres hocicos, disponiendo de ellos al modo de un carnicero con sus cuchillos. De derecha a izquierda, tajo; de izquierda a derecha, tajo; de abajo hacia arriba, tajo. No por nada lo apodaban el "hijo del carnicero Rottweil".

Atenazado por las mandíbulas de un dóberman, José sintió que iba a perder la muñeca y los dedos con que se escudaba. El producto del recaudador de impuestos alemán Karl Friedrich Dóberman era implacable, mientras el bulldog, con un ojo morado, roía sus extremidades inferiores y, aunque aplastado y pisoteado por los otros perros, creía que la presa en el suelo era toda suya.

—Tómalo, Becerrillo —un hombre con jeans, cola de caballo, cejas pobladas y mirada lobuna, azuzaba al perro negro de ojos amarillo pálido, el cual, malignamente, le clavó los dientes en la yugular. El perro, como aquellos que usaban los conquistadores para perseguir indios fugitivos, llevaba una armadura con placas de metal y un collar de picos.

Desencadenado, era feroz. El killer dog, como el vicioso lebrel que Cristóbal Colón trajo a las Indias y los conquistadores usaron para destrozar naturales, tenía la piel pelada a causa de las peleas con toros y los combates gladiatorios entre canes y hombres.

Respecto al perro negro, José no podía establecer su raza, pues cuando estaba a punto de hacerlo en vez de sus ojos surgían los ojos mezquinos del dóberman o los labios negros del rot, con los incisos superiores con un pellejo colgando. O, en su defecto, aparecía el ojo del estólido bulldog, el cual, con el hocico lleno de pliegues y la cola corta alzada, repartía cabezazos y culazos a diestra y siniestra.

—Ni te esfuerces, mano, a los perros del Señor de la Frontera nadie los mata —dijo sarcástico el hombre con cola de caballo.

José oyó venir un vehículo por la carretera y sacó una mano de entre las patas de los perros para pedir ayuda. Se decepcionó, pues del autobús detenido no bajó ni subió pasajero y el chofer partió ignorando su parada.

—Xólotl viene a rescatarme —José creyó que el dios canino emergía de la nube de polvo. Y hasta llegó a pensar que en un abrir y cerrar de ojos con fuerza descomunal revolcaba y sacudía a los canes clavándoles las garras, aplastándolos con su peso, y los dejaba maltrechos y chillando. La jauría escapaba, refugiándose en la troca. Y allá, temerosa de la bestia mítica, no osaba moverse ni ladrar. Pero Xólotl se fue haciéndose chiquito en la carretera y los perros volvieron, más feroces que nunca. El peor, el dóberman, agarrado a su brazo como a una chuleta.

—Nerón, Káiser, Ceci, Chelo, vamos —el hombre con cola de caballo empezó a arrojarles pedazos de carne.

—Son cinco —contaba José, cuando uno tras otro, con los dientes rojos de sangre, se subieron por la parte de atrás de la troca.

—*Pape Satán, pape Satán aleppe!* —el hombre con cola de caballo saludó al sexto perro, el de los ojos amarillo pálido, al subir al vehículo.

BEWARE OF DOGS CUIDADO CON LOS SIKARIOS

El hombre con cola de caballo mostró un cartón. Hizo a un lado al conductor de la troca y partió con la jauría. Pronto desapareció al fondo de la carretera como si se internara en el corazón del crepúsculo.

Mensaje del Cristo Demente: A cabrón que se duerme se lo lleva la corriente, a cabrón que se duerme se lo lleva la serpiente, la corriente, la serpiente. Esta tonada salía de un casete incrustado en el vientre de la estatua de un Cristo demente.

Iluminado por reflectores, como un punk de los años setenta del siglo pasado, o como alguien salido de una jungla urbana después de escuchar en un antro canciones depresivas, el Cristo llevaba prendas de tela y plástico rotas, accesorios con púas, cinturón con remates, zapatillas con cordones sin amarrar, labios pintados y uñas color verde. Abierto de brazos agitaba en la mano izquierda una pistola; en la derecha, una serpiente. Daba la impresión de que una imperiosa necesidad de saltar de las reglas religiosas al plano de las sensaciones humanas se hubiese apoderado de él.

José descuidó hacer el examen de sus heridas y de sus ropas desgarradas, porque ese Salvador de ojos entornados y sonrisa torva, con un corazón ensangrentado como medallón en su pecho, igual que si saliera de una casa de la muerte de Juárez, le parecía drogado.

"¿Qué es el miedo? ¿Qué es el miedo?", repetía una casetera incesantemente dentro de la figura, cuando ésta se echó a andar por la carretera hacia el desierto.

—Vengo por usted —se apersonó el taxista que lo había traído.

—Creí que se había marchado.

—Cómo cree que iba dejarlo ir a pie hasta la ciudad.

—Pensé que…

—¿Qué no tengo madre? Súbase al coche, antes que regresen los perros.

23. Camioneta negra sobre camioneta blanca

José se encerró en El Edén luego de que el doctor Enrique Cerda acudió a su cuarto a un llamado del recepcionista. Cerda era uno de esos médicos que con manos de plomero y gesto de carnicero curaba a delincuentes a domicilio y con equipo rudimentario extraía balas, pedazos de vidrio y hojas blancas de espaldas, cuellos y pantorrillas.

—Me paga antes del tratamiento, ignoro si mañana estará vivo —de entrada exigió el galeno, siendo sus palabras de despedida igualmente lacónicas—. Lo inyectaré contra la rabia, pero para evitar la infección por bacterias en lesiones y heridas profundas, usted mismo irá a la farmacia y comprará antibióticos. Póngase las pilas, no le vayan a dar *ice* o éxtasis en vez de medicinas y cuando pida una coca le den cocaína.

Cerda recogió tijeras y vendas, y se largó. Desde ese momento José no tuvo otra ocupación que leer la sección de sociales de los diarios locales con fotos de gente posando en fiestas de quince años, bodas y recepciones, todo como si no hubiera violencia en la ciudad. Al piso había tirado periódicos con encabezados como: "Balean, escapan y vuelven a matar. Fallecen un adulto y un adolescente", "Si algo no soporto es la deslealtad", dice el Güero, "Triple Homicida", "Que le corten la cabeza", "Aumentan en prisión casos de VIH", "Hallan a una joven violada, torturada y asesinada en basurero". "Niña desaparecida cuando la madre la mandó a comprar pan a una tienda". Las noticias de ayer le eran tan remotas, tan irreales como si hubieran pasado en otra vida o provinieran del mundo del sueño. Mas de repente, cosa rara, en medio de la anarquía criminal que como un terremoto moral asolaba la ciudad, el hallazgo de una naranja podrida en el clóset lo molestó y llamó a la recepción para que mandaran a alguien a recogerla. Además, pidió que le trajeran gotas para los ojos, pues los tenía secos y le daban comezón.

Ociosamente se puso a observar por la ventana la plaza. Las viudas de la guerra del narcotráfico, con niños en los brazos o con papeles apeñuscados, esperaban ser contratadas para una pequeña faena delictiva. O bien, con la foto del marido en las manos preguntaban a unos patrulleros alguna cosa sobre él. Sabían que la respuesta estaba en una cárcel o en una fosa común, pero pretendían no saber.

Durante un par de noches José siguió con unos binoculares los movimientos de una prostituta. En manos de las pandillas de las Riberas del Bravo —nombre que parecía una mala lectura por la denominación de origen Ribera del Duero—, él presentía que la chica no iba a sobrevivir a los escuadrones de la muerte que practicaban la limpieza social. Cuando la veía recargada en un muro parecido a un tablero de ajedrez —con su pelo negro, su suéter amarillo hasta la cadera, sus pantaloncillos de mezclilla metidos en el culo, sus tobilleras blancas y sus botas imitación cuero—, la imaginaba difunta. No estaba equivocado, porque una medianoche unos polis se la llevaron en una patrulla. La calle quedó vacía. Y ella, como ficha desechable, apareció muerta en los basureros del alba (lo sabría por las noticias de la tarde). Mas pronto la reemplazarían dos prostitutas, quienes, paradas delante de un antro de mala muerte, por cuya puerta desvencijada salía una luz amarillenta, parecían no tener otra ocupación que intercambiar blusas y faldas, probarse bisutería, reemplazar medias por tobilleras, bajarse y subirse las pantaletas; que peinarse, que despeinarse, que maquillarse, que quedarse viendo con ojos fijos el vacío. El charco en que la chica se había reflejado era un chancro y la calle por la que había caminado, una barranca hedionda.

La tarde del domingo se oyeron pistoletazos en la plaza. Tronaron cohetes, que echaba al aire gente celebrando una fiesta religiosa o camino del cementerio. No se veía a nadie, excepto a la viuda vestida de negro. Se oyeron tiros y la carroza fúnebre estacionada al fondo de la calle se puso en marcha. Pasó delante del hotel arrastrando a un sicario colgado de la defensa. El hombre golpeaba con los pies el pavimento, asustaba a los pichones. Esa era la señal. De las calles vecinas llegaron coches, camionetas y camiones de carga. Descendieron sicarios armados, incendiaron vehículos, bloquearon la plaza. Un sexagenario, que se opuso a ser despojado de su coche, recibió un balazo en un muslo. A toda velocidad surgió una camioneta color gris piedra. Perseguida a balazos, dio vueltas a la plaza, mientras la música martilleaba en su equipo de sonido. Se perdió de vista. Regresó cargada de sicarios disparando desde las ventanas sus cuernos de chivo contra una camioneta roja. Los sicarios de la camioneta roja respondieron con ráfagas de metralleta. Llegaron otros para ayudar a los de la camioneta gris. Desde una suburban hombres encapuchados balearon a los de la roja. Sicarios vestidos de blanco quemaron un camión de pasajeros para bloquear un acceso a la plaza. Los de un taxi abrieron fuego, lanzaron granadas de fragmentación a una gasolinera. Por la derecha se acercaron dos camionetas para estorbar el paso de un camión repartidor de cervezas. Los conductores, aunque pisaron fuerte el acelerador, no pudieron avanzar rociados por los tiros, los que, como granizos, rebotaban en los blindajes.

José presenciaba la batalla entre las camionetas de un cártel y las camionetas de otro cártel. No podía figurarse de qué se trataba este ajedrez violento ni por qué los cárteles se peleaban con sus peones. Las camionetas daban vueltas, entraban a la plaza y salían de ella. Chirriaban llantas, escandalizando con música, como si con ruido atacaran sus piezas.

Unos sicarios disparaban contra otros. Era difícil ver a los caídos. Los lesionados y los muertos eran recogidos rápidamente. O echados en los vehículos. Los conductores partían con ellos rumbo a casas de seguridad.

Sin cesar aparecían camionetas de uno y otro bando. Los pistoleros de ambos campos disparaban a las ventanas de los inmuebles, incluso a las del hotel. La confusión era total. No se distinguían unos matones de otros.

Los gritos y los ayes se oían entre los tiros. Los fogonazos parecían animar a la muerte, la cual, como impulsada por un resorte, saltaba entre los vehículos como dotada de vida propia. *Ja-ja-já* se carcajeaba el esqueleto negro, con los ojos en blanco, los dientes quebrados y las manos colgadas de los brazos rotos. *Pum-pum-pum* sonaban los balazos. *Pum-pum-pum-tra-tra-tra* se reía el esqueleto. *Tra-tra-tra* murmuraba José tirado en el piso con las manos sobre la cabeza. En un momento de calma, José vio al sicario con cola de caballo descender de una camioneta negra y dirigirse al hotel. De inmediato abandonó el cuarto y se metió en el de enfrente. Escuchó al sicario subir la escalera, caminar por el pasillo, bajar. Lo vio observarlo desde la calle. Abordar una camioneta negra. Partir.

Se fueron los vehículos. En la plaza quedaron vidrios rotos, casquillos percutidos, cuerpos acribillados, charcos de sangre. Pocos heridos. La evidencia de la contienda fue una camioneta negra sobre una camioneta blanca, un hombre sin zapatos con restos de vidrio de parabrisas en la cara. La música del equipo de sonido que salía del interior del vehículo sonaba a tubería rota.

24. Una vuelta por la ciudad

—Amigo, acompáñanos —cuando salía del hotel, José fue interceptado por un policía con bigote negro. Era su primera noche en la calle desde su encierro y le resultaba frustrante esa detención.

—No te resistas, vamos a dar una vuelta por la ciudad —un policía con una cicatriz en la mejilla lo metió en una camioneta negra. Lo instaló en el asiento de atrás.

—¿De qué se trata?

—Te necesitamos para identificar a una persona.

—¿A quién?

—Ya lo sabrás —el primer policía puso en marcha el automóvil, fumando.

—¿Por qué yo?

—La persona que buscamos está involucrada con alguien de tu familia.

—¿Mi familia?

—Te ves maltrecho, bróder, ¿el hombre lobo te comió la lengua? —el policía con la cicatriz lo examinó por el espejo retrovisor.

—Me atacaron unos perros.

—¿Perras?

—Machos y hembras.

—En la cama son feroces.

—Fue por los médanos.

—¿Qué fuiste a hacer allá? Seguro algo indebido.

—Las mordeduras en las pantorrillas y las manos no fueron profundas. No tocaron órganos ni ojos. Nada de gravedad.

—A la chingada los perros, ¿pueden callarse? —el policía del bigote negro se apretó las sienes con las manos.

El vehículo arrancó. En su recorrido por las calles del centro, Mariscal, Mina, Globo, Grijalva y Noche Triste, los policías se fueron deteniendo para inspeccionar hoteles de paso, centros nocturnos, cantinas, casas de huéspedes y edificios abandonados donde se ejercía la prostitución y se usaban drogas. Sorpresivamente entraron al hotel El Refugio, en cuyas habitaciones hallaron a Clara y a otras menores forzadas a prostituirse. Arrestaron al hotelero y al recepcionista, a dos mujeres y dos hombres dedicados a la trata de personas, que después recogieron unas patrullas. Irrumpieron en viviendas habitadas por familias ancladas, llamadas así porque no podían marcharse de Juárez. En un bar pusieron contra una pared al dueño y sus empleados, a padrotes y madrotas para revisarles las ropas en busca de armas, pastillas o polvo blanco. Se metieron en tiendas cerradas, pero con las puertas y las ventanas quebradas. Se asomaron a zanjas. Exploraron fábricas, drenajes y terrenos baldíos. A punta de pistola levantaron truhanes y mendigos acostados en el suelo entre cuerpos muertos o gente drogada. Arrestaron a hombres y mujeres que por su indumentaria parecían sospechosos. Se detuvieron en el Salón Centro Nocturno, cuyo letrero rojo encendido daba la impresión que estaba ardiendo. Se introdujeron en casas de ladrillo, de tabicón o de vidrio y patearon retratos, sillas, paquetes y bolsos de mujer; descolgaron chaquetas y pantalones de tendederos para ver qué guardaban en los bolsillos. En la ciudad descerebrada hallaron un libro, *Los miserables*, clavado en una pica. Ingresaron en pocilgas pintarrajeadas, saqueadas, quemadas, convertidas en fumaderos de crack, en picaderos clandestinos con dibujos y grafitos obscenos firmados por pandillas: Los Two You, Los PaKatelas, El Áiteva, Las Cucarachas, Los Diabólicos. Los polis metían la nariz en todo. José observaba en tour por la ciudad del mal, esforzándose por aprender, aprehender algo. En su mundo de valores no había buenos ni malos, sino simplemente materia íntegra y materia corrompida, rostros inocentes y carne podrida. En ese mundo sin Dios, al final del día cada quien sería su propio juez y según sus actos merecería un infierno o un paraíso.

—Ven conmigo —el policía con la cicatriz en la mejilla hizo entrar a José en una casa con cilindros de gas y diablitos conectados a cables eléctricos—. Aunque aquí casi todos los delitos están relacionados con el narcotráfico, éste fue un crimen por celos.

La vivienda consistía de un solo cuarto. El asesino, con sombrero negro, camisa blanca y pantalones de mezclilla, tenía metidas las manos en los bolsillos, musitando: "Fue sin querer, fue sin querer". Moreno, lampiño, parado delante del camastro de su amante difunta, parecía el personaje del cuadro de Frida Kahlo *Unos cuantos piquetitos*, mientras la mujer, con la cabeza sobre una almohada, yacía acuchillada: no del todo desnuda, tenía puesto un zapato de tacón alto.

—Me impresiona la pobreza, la habitación parece encuerada, excepto por el camastro —el policía de las migrañas volvió a la camioneta, conmocionado, como si acabara de ver el cuerpo de su madre degollada.

—Hay mensajes —el policía de la cicatriz prendió el radio.

"La policía de homicidios viene en camino".

"Matan a dos, los tiran a la calle".

"Acribillan a joven en canchas de futbol".

"A la fosa común, doce cuerpos sin identificar".

"A plomero extorsionador le destrozan la cabeza a pedradas".

"Llegó al Semefo el cadáver de un secuestrado el día de su boda".

"Se declaró emergencia por la fuga de El Sicario Rabioso. Esta noche se implementó un cerco de seguridad en la zona centro y elementos de la Policía Municipal recorren las calles y se han posicionado como francotiradores en las azoteas de los edificios. Soldados con tanquetas bloquearon el barrio y un helicóptero sobrevuela la ciudad".

Bajo ramalazos de viento, por las calles rajadas andaban mujeres y niños buscando a sus parientes perdidos. Con cara gris plomo y ojos hundidos, se paraban a la puerta de los antros para preguntar al guardia por el esposo, el hijo o la hermana.

"No sabemos", contestaba el cancerbero. Pero ellos seguían indagando, temerosos de ir al Semefo o al basurero.

—Esto es Juárez —susurró el policía del bigote.

—¿Saben algo del secuestro de mi hermano Lucas? —preguntó José.

—¿Sabes cuántos secuestros hay en esta ciudad?

—No.

—Trescientos.

—¿Tienen idea de qué banda lo tiene?

—¿Sabes cuántas bandas de secuestradores operan aquí? Nada más piensa, bro, si vamos a saber cuál tiene a tu hermano.

—¿Cómo dijiste que se llama?

—Lucas Navaja.

—¿Lo buscaste en el cementerio?

—Sí.

—¿No lo encontraste?

—No.

—Búscalo en El Donki, por ái andará ligando gatas.

—Me dijeron que una banda lo trajo a Juárez.

—Si sabes más que nosotros, pa' qué preguntas.

25. El bar Los Rechazados

Los sicarios llegaron armados con rifles de asalto disparando contra los guardias, los meseros, las bailarinas, las prostitutas, los pinches, los clientes y los vendedores de hot-dogs y tacos que estaban afuera. Nadie sabía a qué cártel pertenecían. No importaba, baleaban a todos por parejo.

Hacia las diez de la noche habían descendido de tres camionetas estacionadas a un costado del bar Los Rechazados, y al grito de "¡Hijos de la chingada, ya les llegó su hora!" irrumpieron en el antro tirando contra todo: vidrios, espejos, luces, sillas y sobre toda criatura que caminara, reptara o volara, hombre, víbora o loro. Y también sobre aquellos ocultos debajo de las mesas o refugiados en las oficinas o los retretes.

Concluida la masacre, y cuando nadie se movía, cogieron los maletines con droga y plata y abordaron dos camionetas negras. Y, como si nunca hubiesen sido, se perdieron en la noche sórdida de Juárez.

Minutos después, el policía de las jaquecas profirió con voz doliente:

—Reportan una matanza en el bar Los Rechazados. Nos piden que vayamos allá lo más pronto posible.

—¿En Los Rechazados? ¿En ese bar a toda madre tuvo lugar una masacre? ¡Qué poca madre! ¡Qué desmadre! Allí no hay cabida para armas AK 47 ni R 15, allí tocan música norteña y sirven los mejores tacos de teta de cabrita de la frontera —exclamó el policía de la cicatriz.

—En ese bar se pide la coca con apellido, porque si no te dan otra cosa.

—Léelo —rumbo a Avenida Malecón, el policía de las jaquecas le puso a José en las manos el "Perfil de Yolanda Jiménez"—. Lo escribió Lorenzo Lozano, su profesor y amante en la Universidad Autónoma de Ciudad Juárez, antes de cambiar los pupitres y los cuadernos por los carros de lujo y las metralletas le daba por la literatura.

—¿Dónde está él ahora?

—Bajo tierra o en algún registro de desaparecidos. Lo habrá matado una pandilla rival, los Dirty-gray Dogs.

—¿Hablas inglés?

—Crecí en El Paso.

—¿Cómo murió Lozano?

—Murió de una enfermedad vulgar, a tiros —dijo el policía de las migrañas—. Se llevaron su mochila con drogas, pero le dejaron los calcetines negros de marca puestos.

—Aquí nos esperas, no te vayas a pelar, porque te encontraremos dondequiera que estés —el otro policía detuvo el auto. Ambos se dirigieron a Los Rechazados. Pasaron por la puerta desvencijada del bar tratando de no pisar el tapete de botellas y vidrios rotos, los charcos de sangre, los jirones de ropa, los pedazos de madera, las greñas de algunas mujeres. Se abrieron paso entre los policías ministeriales, estatales y federales y miembros del ejército. Algunos agentes judiciales hablaban con los heridos, tomaban notas y fotos de los muertos, registraban el lugar. Hasta que los policías sin nombre que lo habían levantado vieron al dueño del antro detrás de una barra baleada. Blanco como la harina, parecía que tenía los labios cosidos. Fueron directo con él. José se puso a leer:

PERFIL DE YOLANDA JIMÉNEZ

Yolanda Jiménez (se desconoce apellido materno) nació y creció en Ciudad Juárez en el seno de una familia con domicilio en Avenida del Malecón 14. Su padre era ingeniero; su madre maestra de escuela; sus dos hermanas menores estudiaban la preparatoria y ella en el Instituto de Ciencias Biomédicas de la Universidad Autónoma de Ciudad Juárez.

En el primer año de su carrera Yolanda fue mi alumna en el Departamento de Ciencias Sociales. A las pocas semanas de clases comenzamos a citarnos. Luego de asistir a una fiesta con gente pesada de Juárez —a la que yo la llevé, la emborraché y le hice el amor—, empecé a frecuentarla los fines de semana, y a celarla y hacérmele el aparecido en los pasillos de la Universidad, fuera de su casa y en centros comerciales, cafés y bares que ella frecuentaba con amigos. Cuando la veía a solas le preguntaba quiénes eran, si les había hablado de mí, a qué hora de la noche había llegado a casa. Hasta que un día que se fue de vacaciones con unos amigos, como una forma de apartarse de mí, le dejé mensajes amenazantes en la máquina contestadora de su teléfono; amenazas que yo, Lorenzo Lozano, desmentía que fueran mías. Hechas las paces, yo seguía engañándola con labia y con regalos. Finalmente, la metí en el narco.

Iniciada en el negocio de las drogas, a las pocas semanas Yolanda ya transportaba alijos de droga desde Nueva Italia a través de la Sierra Madre Occidental hasta Ciudad Juárez, Reynosa o Tijuana en camiones de carga y carros particulares protegida por sicarios y patrullas policíacas.

Morena, alta, con el pelo negro sobre la espalda, los pechos sueltos bajo la blusa y con pantalones de mezclilla abotonados debajo del ombligo, ella solía llevar los alijos de mota y coca para entregar en la costa, en ranchos y pueblos. Visitante frecuente del Triángulo Dorado, los estados de Chihuahua, Durango y Sinaloa, todo lo que llevaba encima era prestado: la pistola, el collar, los anillos de oro, el reloj, los celulares, los fajos de dinero, hasta que le tomó gusto a los pagos en efectivo y a la coca.

Embarazada por mí, todo parecía ir bien hasta que cuatro miembros de la banda fueron arrestados, torturados y ejecutados. Yo, Lorenzo Lozano, tuve que huir de la ciudad con rumbo desconocido, hasta el día que me apresaron no los policías judiciales sino los miembros de un cártel rival.

Una medianoche a casa de Yolanda llegaron sicarios disfrazados de policías que operaban en la frontera diciéndole que allí vendían cocaína. Sin más abatieron a sus padres y violaron a sus hermanas, mientras a ella la mantenían encerrada en un ropero. Yo, cautivo, me enteré que mi jefe había hecho alianzas con un capo enemigo y cambiaba de operadores, rutas y plazas, y a los empleados desechables se los entregaba.

Mantuvieron a Yolanda varios días en el ropero, alimentada con comida rancia y agua sucia, sabiendo ella que sus padres yacían tirados sobre pedazos de vidrio y sangre coagulada.

Una noche otros policías vinieron a informarle que la meterían a trabajar en un burdel de Tijuana, muy exclusivo, pero antes la mandarían de vacaciones con su ex jefe. Así que esa madrugada cuando ellos dormían, desnuda y sin zapatos, escapó en la oscuridad con un fusil AK 47 de los sicarios. Al mes, fugitiva de la ley y de la mafia, formó su propia banda.

El dueño de Los Rechazados acompañó a los policías a la puerta. Se despidieron de abrazo y partieron hacia la Avenida Lincoln.

—¿Qué te pareció el perfil? ¿Está bueno? —le preguntó el policía del bigote negro sin hacer referencia a la masacre en el bar.

—Bueno para un obituario.

—Guárdalo como recuerdo.

26. La Sirena

—Aquí bajamos —el policía de las jaquecas se detuvo delante de un antro con un letrero de neón intermitente que vulgarizaba la criatura mítica con cuerpo de mujer y de pez.

—Miren a La Llorona, va de antro en antro, chillando entre los coches por sus hijos asesinados. Al menor de ellos, que desapareció hace tres años, aún lo busca —el policía de la cicatriz señaló a una mujer harapienta de cabellos blancos, labios morados y nariz amoratada por la que fluía un líquido fosforescente. Parecía una descendiente de las Cihuateteo, las "princesas celestes" (*Ilhuica Cihuapipiltin*) que habían muerto en el parto.

**LA SIRENA
EL MEJOR ANTRO DE JUÁREZ**

—Cincuenta pesos cover. No se aceptan tenis —advirtió el guardia.

Unos mariachis cantaban:

La cucaracha, la cucaracha
ya no puede caminar,
porque no tiene, porque le falta
la cabeza pa' fumar.

—¿A qué se debe que a la cucaracha le falta la cabeza? —preguntó el policía de las jaquecas.

—Que los sicarios pueden vivir aquí dos semanas sin cabeza, como las cucarachas.

—Más noche vendrán a tocar las bandas punk de la frontera: Desgarre Total, Putrefaxión Juvenil, Generación Podrida, Sistema Feroz, Licantropía Contemporánea —avisó una chica con minifalda negra de plástico.

—Traje chaleco antibalas, por si acaso —dijo el policía de la cicatriz.

—La ventaja de venir a La Sirena es que cuando te aburres te vas a La Mulata, y está cerca de la PGR, por si tienes que salir huyendo por mirar a la vieja de un viejo —dijo el policía de las jaquecas.

—¿Qué le pasó, amigo? ¿Adónde se fue de farra? No le dejaron nalga sana —el guardia examinó con sorna a José.

—Lo atacaron unos perros —explicó el policía de las jaquecas.

—Aquí en Juárez cada perro tiene derecho a una mordida una vez al día.

—Veo a menores ingiriendo cerveza y fumando mota, no está permitido —rió el policía de la cicatriz.

—Tenemos permiso de las autoridades.

—Qué veo, botudos y sombrerudos tipo narco bailando con chicas fresas alrededor de la barra al mismo paso, dan ganas de sumarse al ritmo texano —dijo el policía de las migrañas.

—Allí está La Cumbia, el súper bombón colombiano. Se prostituye en ocho lenguas. El furor uterino la hizo políglota —el guardia señaló a una mujer semidesnuda—. Va del fresa al naco al cholo al púber al narco al buchón al fresa, ¿se avientan?

—Ni pensarlo, esa pertenece a un pesado, su cama es la puerta del infierno —el policía bostezó como si se le quebraran las varillas. La Cumbia se metió en el baile. Siguió sus pasos un joven con pantalones cortos y sin camisa. Tatuado con colores borrachos de los tobillos hasta el cuello parecía un mural semoviente abigarrado de figuras violentas que iban de santas muertes a víboras con las falanges de fuera.

—El escritor Karel Capek se preguntaba si sería posible detener a las salamandras de alguna manera. "No. Son demasiadas, hay que hacerles sitio". Yo diría lo mismo, cambiando solamente salamandras por narcos" —abrió la boca José sin que le hicieran caso.

—¿Se quedan? —preguntó el guardia.

—Volvemos otro día, andamos trabajando.

—¿Se puede saber en qué?

—Ya lo sabrás por *El Diario*.

—El Señor de la Frontera nos visita esta noche. El patrón, los meseros y las chicas andan excitados por la derrama económica que dejará en sus manos o en sus nalgas, pues al que habla y toca, salpica.

—¿Es el hombre junto al espejo? —preguntó el policía de las jaquecas.

—No lo señales, pero es aquel que está comiendo sus platos favoritos: sesos en su tinta y gallina en su sangre.

—¿Es el cuarentón con chaqueta morada que está con las buchonas?

—La neta, te dije que no lo señales, con él de lejecitos, pero es el que le está acariciando el brazo a una señora mientras clava la mirada en el vientre descubierto de su hija adolescente.

—¿Viene a La Sirena a menudo?

—Él no se mezcla con la plebe, tiene un reservado para sus invitadas especiales, le gusta comer kiwis. Wueyes, así llama él a las vaginas. Imaginación no le falta, a las partes femeninas les da nombres de frutas.

—Caramba, cómo rueda una, hace una semana estaba en Tijuana y ya estoy en La Sirena, qué suerte la de la buchona —expresó una chica de labios carnosos a una amiga con las uñas pintadas como calaveras rojas. Hablaba el español con acento texano.

—Qué tal, wueyes —saludó un gordo de pelo rubio que estaba acompañado por dos chicos afeminados. El mayor cargaba su portafolio; el menor se comía con los ojos al policía de las jaquecas.

—¿Quién es, eh? —preguntó el policía de la cicatriz.

—Es Filippa la Plume, un ex empleado del consulado francés. Cuando perdió la chamba se quedó a vivir en Juárez para ligar boys. Vaya, llegaron los invitados del Señor, los del grupo Mono Rojo, habrá sones jarochos esta noche —el guardia indicó a unos músicos que portaban arpa jarocha, requinto, quijada y jarana.

El Jarabe Loco, anunció por un micrófono la chica con minifalda negra de plástico y sobre una tarima de madera empezó a zapatear un bailador con paliacate rojo y guayabera, sombrero y pantalones blancos. María Antonieta de la Sierra descargó la versada:

Para cantar el jarabe,
para eso me pinto yo.
Para cantar el jarabe,
para eso me pinto yo.

—No miren al Señor, si se da cuenta amaneceré con un tiro en la espalda —dijo el guardia mientras el capo entraba a un reservado con dos buchonas, la señora y su hija, y un guardaespaldas.

María Antonieta de la Sierra cantó:

Si salgo a bailar
hago mucho ruido,
que parezco río
de esos muy crecidos.

—Bro, permítame un momento a solas —el policía con la cicatriz llevó aparte a un mesero que pasaba con cervezas.

—Pa' qué soy bueno.

El policía le sopló algo.

—Estuvo aquí, se fue hace media hora.

—Nos vamos de pelada.

—Cuídate.

—¿De qué?

—De todos.

Los policías abandonaron La Sirena. A la puerta vino a pedirles información sobre sus hijos La Llorona. Una orquesta comenzó a tocar el danzón "Juárez no debió de morir".

27. Yolanda Jiménez

—¡Atención, se ha detectado en Avenida Lincoln un coche que transita con las luces apagadas, pertenece a la banda de Los Asesinos del Mustang Azul! ¡Atención patrullas, diríjanse a La Sirena, parece que el vehículo sospechoso se dirige hacia allá! —reportó una voz por radio.

—A nosotros no nos toca, tenemos otra orden —el policía de las jaquecas se apretó la cabeza como si fuese a estallarle entre las manos.

—¡Atención, parejas, El Sicario Rabioso anda suelto! Esta mañana se escapó de la cárcel. Atacado en su celda por un murciélago que le infectó el virus rábico, es de alta peligrosidad, sufre de alucinaciones sonoras y visuales y se pone violento a la menor provocación. Hace unas horas destripó a dos batos que salían de la discoteca La Esfinge con dos gatas. Camino de un hotel los atacó —continuó la voz.

—Vamos al cine, exhiben *La Red*. La actriz Rossana Podestá lleva una blusa mojada que deja ver las chiches —el policía de las jaquecas se paró delante de un inmueble decrépito.

ANTIGUO CINE PASO DEL NORTE

—El local está cerrado por obras —observó José.

—Todo el aire que hay allí es tuyo.

—La marquesina se cayó.

—Un malora le aventó una granada.

—La sala está vacía.

—Aquí todos los cines están vacíos.

—En la taquilla no hay vendedora.

—Habrá ido al baño.

—La cortina es de cuero.

—Ya deja de hacer preguntas, ¿ves aquel letrero de Salida de Emergencia? Por allí entrará la secuestradora —dijo el policía de la cicatriz.

—¿Cuál secuestradora?

—Yolanda Jiménez, la líder de la banda. Ayudarás en el operativo.

—¿Yo?

—Fíjate bien, uno de los maniquíes sentados en las butacas tiene sobre las piernas una talega con dólares falsos para pagar el rescate de un secuestrado. Es el señuelo.

—Siéntate con ellas —el policía de la cicatriz indicó la hilera con los maniquíes. Eran tres mujeres desnudas. Una, con mejillas polveadas, boca pintada y lengua bífida, clavaba la vista ciega en la sábana que servía de pantalla. Los policías se acomodaron en los extremos de la última fila para controlar los pasillos. Empuñaron las armas.

—*El Santo contra las Lobas* es una película donde las mujeres lobas poseen poderes de invisibilidad licantrópica, y donde el luchador enmascarado se enfrenta a Licán, hombre lobo de Transilvania que llega a México en busca de su reina loca —explicó atrás de los maniquíes el policía de las migrañas.

—Dirás, loba.

—Loba y loca es lo mismo.

—Explíquenmelo más despacio, no entiendo nada —el policía activó un casete en el pecho de la maniquí rubia.

—Estás ciega, mana —el otro policía accionó el casete en la cabeza de la maniquí de pelo negro.

—Oh, mana, ¿has visto los ratones corriendo por los pasillos? —exclamó la maniquí de ojos almendrados—. Estoy verdaderamente asustada.

—Me dan asco esas pulgas que saltan de la butaca a mis piernas y de mis piernas a la butaca —dijo la maniquí rubia.

—Silencio, por favor, no dejan ver la película —dijo la de pelo negro.

—¿Qué hora es? —preguntó la de ojos almendrados.

—La que tú quieras, cariño —el hombre de las migrañas señaló en un reloj colgado de la pared a una teibolera girando alrededor de un tubo en la carátula blanca sin manecillas y sin números.

En eso se prendieron las luces. No sólo las de la sala, sino las del vestíbulo y de la Salida de Emergencia. Una mujer fue alumbrada. Como en un relámpago José vio su cintura de avispa y sus pechos puntiagudos, su pelo recogido hacia atrás, sus pantalones rosas, su chamarra negra, sus zapatos tenis. Con sendas pistolas encañonaba a los maniquíes creyendo que eran mujeres y que tenían el dinero. Había entrado no por la salida de emergencia sino por el baño de hombres. Al verla enfrente, exigiendo la talega, José comenzó a toser como si se le hubiese atorado un pedazo de carne en la garganta.

—¡Yolanda! —el policía que estaba en la última fila corrió hacia ella.

—¡Alto allí, hija de puta! —otro policía apareció en el pasillo.

—¡Te seguí de calle en calle, de antro en antro, de escondite en escondite, al fin nos vemos la cara! —vociferó el sicario con cola de caballo.

Los agentes judiciales controlaron las rutas de escape. A lo largo y ancho de la sala le apuntaron a Yolanda con fusiles de alto poder. Emboscada, se dirigió a la salida de emergencia. Giró la manija a derecha e izquierda, pero no pudo abrir la puerta. Quería romper el candado a cachazos cuando los reflectores la aluzaron, hicieron parecer su cuerpo blanco como encendido por descargas eléctricas. Todos le dispararon. Mientras ella, con la bolsa en las manos, saltaba como una pantera sobre las butacas de los maniquíes respondiendo al fuego, defendiéndose de los tiros. Hasta que el sicario con cola de caballo la rafagueó de los tobillos a las mandíbulas, y ella cayó con la cabeza debajo del asiento de José sin soltar la bolsa. Finalmente, el sicario con cola de caballo vino a darle el tiro de gracia.

—A ese no, es de los nuestros —gritó el policía de la cicatriz para que no disparara a José.

—¿Qué carajos hace este wuey entre las nalgas de la secuestradora?

—Hey, bróder, veo manchas sobre la cara de la muerta —el policía de las jaquecas se llevó las manos a la cabeza—. Pinche migraña.

—Después de este derrame de adrenalina necesitas vacaciones, wuey —peló los dientes el sicario con cola de caballo mientras afuera del cine se oían las sirenas de las ambulancias—. Bueno, aquí acabó la fiesta.

—Hasta la próxima, por poco mando a este wuey al San Rafael —dijo el sicario a José—. Ahora vamos a echarnos un taco de fémina al Tumbao, después de un baile apretadito las chicas andan precocinadas, ja-ja-já.

En la camioneta, José escuchó las noticias sobre el operativo:

"Una pandillera muerta y cuatro miembros de su banda heridos es el saldo del enfrentamiento en el Antiguo Cine Paso del Norte entre elementos de la Unidad de Atención al Secuestro y el grupo delictivo que operaba en la franja fronteriza. En una casa de seguridad de la calle Arco de Constantino se decomisaron armas, dinero y drogas, y se liberó a un comerciante que estaba en un colchón atado de pies y manos.

"Yolanda Jiménez, la curvilínea estudiante de veinte años que servía de anzuelo para atraer víctimas masculinas a las redes de su banda, combinaba sus actividades criminales con trabajos de modelo. La mujer, que también responde al nombre de Thelma, era usuaria de Facebook, sitio de internet adonde enviaba fotos suyas de cara y cuerpo. Reclutaba a sus secuaces entre adictos y narcomenudistas, pagándoles los plagios con enervantes y dinero. Realizado el secuestro, su modus operandi para obtener el rescate era comunicándose con los familiares de la víctima mediante el envío de una oreja o un dedo. El pago debía efectuarse en un cine".

—¿Por órdenes de quién la mataron? —preguntó José.

—Del Señor —dijo el policía de la cicatriz.

—¿Están ustedes al servicio de…?

—Tal vez.

—No te hagas bolas, bróder, tarde o temprano esa mujer caería muerta o presa —dijo el policía de las jaquecas, y chilló: —Veo manchas negras, me voy a acostar en el asiento de atrás.

—Aquí te dejamos —el otro policía le abrió la puerta del auto—. Adiós.

—¿Yolanda lideró la ejecución en el bar Los Rechazados?

—Who knows? Pudo ser otra, pero mañana aparecerá desnuda colgada de un puente con el letrero de Secuestradora.

—¿Quién lo pondrá?

—Who knows?

28. El agujero

—Brazo —exigió un invidente a José.

—Es un adicto —advirtió Ramón—. ¿Lo acompaño?

—Espéreme en el taxi.

—¿Bastón? —José se ofreció a ayudarle a cruzar la calle.

—Brazo —insistió el ciego.

—Comprendo, el bastón es frío, inanimado, el brazo tiene sangre caliente.

—Por allí —el ciego lo cogió con una mano que parecía garra.

—¿A la plaza?

—Al callejón. Supongo que el callejón aún está allí. A veces yo mismo me siento un callejón sin salida.

—¿Qué edad tiene?

—Cuando me preguntan los años que tengo, digo la edad de mi bastón. Cuando me preguntan cuánto mido, digo la distancia de mi bastón al suelo.

—¿Vive solo?

—Con el bastón.

—¿Desde hace tiempo?

—Desde que descuartizaron a mi tío, en el cuarto nos quedamos solos el bastón y yo, brazo.

—¿Ha buscado empleo?

—Los capos no reclutan ciegos, no están locos, brazo. En los momentos de arreglar cuentas los discapacitados visuales no saben leer las señales de los sicarios, brazo. Una vez ayudé a un capo deficiente visual a cruzar un puente, brazo. El bato creyó que yo tenía atrofiados los sentidos, pero lo que más me sobraban eran sentidos, brazo. El capo dijo: "Ciego, estás lleno de tics nerviosos, te rascas la cabeza, te comes las uñas, pelas los dientes, me pones nervioso", brazo. Le dije: "Jefe, no juzgue a la mercancía por la apariencia ni al hombre por sus deficiencias, júzguelo por lo que vale, o por lo que cree que vale, deme una oportunidad de escucha en antros y de descifrador de mensajes, soy bueno para el braille, le prometo controlar mis tics", brazo. El fulano me llevó a una esquina, bajo un semáforo, dijo: "Espérame, aquí, no te muevas, ahora vuelvo". No volvió. Al capo luego lo traicionó su hermano, lo arrestó la policía en Riberas del Bravo, brazo.

—¿Conoce a Lucas Navaja? Una banda lo trajo a Juárez.

—¿Cómo se llamaba el muerto?

—Lucas Navaja, espero que esté vivo.

—¿Desde cuándo no sabe de él?

—Desde hace unos días.

—Entonces, está muerto. Búsquelo en el cementerio.

—Lo he buscado.

—En los basureros. Si no está en uno, estará en otro. Hace uno año encontré a mi tía en una fosa común. Cuando me agaché para cogerle la mano no era su mano, era la garra de un sicario.

—¿Dónde quedó la bolita roja? Si quiere atinarle, apueste y gane —un timador instalado en la calle, con una mesa portátil, con movimientos más rápidos que la vista de los curiosos manipulaba una bolita escondida debajo de tres tapas negras—. Hagan su apuesta señores.

Un campesino sacó un billete y lo puso sobre la mesa. El timador escamoteó la bolita y cuando el hombre levantó una tapa halló nada.

—No hay bolita.

—Perdiste y se acabó —le dijo la mujer del timador, retadora.

—No hay bolita.

—Te tocó la muerte, por eso ves nada.

—Allí viene la policía —avisó un niño al timador y éste, con todo y mesa, desapareció en la calle como la bolita debajo de las tapas.

—Perro envenenado —un vendedor de flores señaló a un animal que se revolcaba vomitando sangre y espuma, carne negra y tortillas verdes.

—¿Quién lo envenenó?

—Un sicario.

—Esta ciudad es azotada por una plaga del mal —el ciego echó a andar, mientras de una cantina salía la voz de María Antonieta de la Sierra cantando *La trova de Martha Juana*:

Yo pisaré tus calles enlutadas,
y en una bella plaza ensangrentada
me detendré a llorar por los que se han ido,

en especial por Martha Juana,
una hermosa chica de diez años,
que apareció muerta una mañana.

En una calle sórdida y sin nombre,
yo recordaré sus ojos negros,
y su triste destino mexicano.

El ciego le hizo la parada a un camión de pasajeros casi paralizado por el tráfico. En principio la idea fue buena para ir más de prisa, pero resultó mala porque cuando el chofer arrancó el invidente cayó al piso. Y cuando José lo levantaba se dio cuenta de que un hombre con aspecto de policía federal, que llevaba pantalones de mezclilla y playera amarilla, comenzó a tomarle fotos con el celular. Y no obstante que le mostró su enfado con un movimiento de mano, el sujeto continuó tomándole fotos a corta distancia. En eso, pasó una camioneta negra y un altavoz anunció:

"¡Atención, atención! ¡Aviso al público! ¡A todas las personas que viajen en transporte público, si se encuentran en una zona donde estalle una balacera, tírense al piso. Si su autobús es asaltado, alcen las manos y entreguen sus pertenencias, no miren a nadie, no pregunten nada, porque corren el riesgo de ser liquidados!".

Al oírlo, José buscó los dos timbres para anunciar su descenso, pero descubrió que la unidad carecía de ellos. Detenido por unos camiones parados en doble fila, él y el ciego bajaron justo cuando el camión empezó a moverse.

—Aquí lo dejo.

—Me urge ir al retrete, espéreme, please. ¿Está aún allí el letrero que dice: "Inútil cagar de pie, chancros voladores"?

—Mejor no hablar de eso.

—Hey, ¿cuánto? —después de unos minutos, al salir del retrete se fue derecho hacia una mujer que llevaba un vestido negro muy entallado.

—Doscientos, cuarto incluido, ni siquiera ves, ciego asqueroso.

—No veo pero qué tal tiento, ochenta.

—Ni que fuera garra, vete a la plaza Trigal a buscar human trash.

—Te crees cotizada como si fueras del Noa-Noa.

—Ese antro hiede, se pucha droga, te ven como puta y hay puro sombrerudo feo. Esos cabrones no son de mi linaje. Eres un eunuco, ojos bellos —la mujer se alejó.

—Esa piruja trae los sentimientos revueltos en las greñas —el ciego salió al paso de Filippa La Plume—. ¿Cuánto?

—Trescientos por los dos, jota y joto.

—Ni que fueras la Monroe.

—No me insultes, huevón, porque te quiebro.

—La Biblia dice: "Que el ciego sea visto sin que él vea es una desgracia, pero que el ciego vaya por la calle como un perro cachondo, merece que lo madree su abuelo". ¿Qué ve, míster?

—Pirujas, brujas, picaderos, casas de masaje. Aquí lo dejo.

—Stop, le confiaré algo: Durante la Ley Seca a Ciudad Juárez la llamaron "La ciudad más perversa de América", y un cónsul la calificó como "La Meca de los degenerados de ambos lados de la frontera". Yo soy decente, frecuento sólo la calle Marisculo, sórdida y siniestra, ¿qué más hay?

—El Río Bravo, que nace en las montañas de Colorado y desagua en Juárez; una valla fronteriza de seis metros de alto con reflectores y postes con cámaras de vigilancia.

—Who else?

—Avanza, avanza —un soldado golpeó las gafas del ciego.

—Si no obedezco amaneceré colgado de un puente con el falo en la boca o me encontrarán violado como a fémina de Juárez. Aquí vivimos, en la barbarie del falo.

María Antonieta de la Sierra se oyó cantar en la otra calle:

Zapatos Rojos llaman a la muerta invisible
que recorre cada noche las calles de Juárez.
Sus bellos ojos ciegos vagan por la ciudad del mal
sin dejar huellas en la banqueta helada.
"Besos, besos", gritan mudamente sus labios,
y parece que mil muertos le responden nada.

—¿Qué letreros hay en la pared de los desaparecidos?

¿La ha visto? Se llama Cecilia Braccio. Edad: 42 años. Complexión: obesa. Estatura: 1.50 m. Tez: morena clara. Cabello: negro. Señas particulares: Un lunar en la nalga izquierda. El 31 de enero de 2010 desapareció. Llevaba chamarra amarilla, zapatos tenis blancos.

—Mister —un hombre con fotos de adolescentes desnudas estorbó su paso—. Doscientos dólares cash por virgen.

—Ese vende vírgenes de orfanatos.

—A cincuenta dólares las adolescentes —el hombre siguió a José.

—Se dedica a la trata de personas para la explotación sexual.

—No importa edad ni físico, satisfacción garantizada.

—Tiene secuestradas en hoteles de paso a jovencitas desaparecidas. La semana pasada en el penal donde estaba recluido, no por castigo, sino por protección, mató durante una visita conyugal a una de sus viejas, porque según él andaba con otro proxeneta.

—No mames —el hombre se fue detrás de un turista—. Mister, mister, fuck chica virgen, doscientos dólares.

—Where?

—In the kinder, pura vida.

—Un anuncio —José leyó:

Se solicitan bailarinas para centro nocturno en Hermosillo. Excelentes ofertas de empleo para mujeres guapas. Acompañar videos y fotos de cara y cuerpo. Contactar anunciante.

—Lástima que tengo las piernas flacas. ¿Qué más hay?

—Un antro, tubos de neón.

—Un día eran de colores, dicen.

—Una fonda.

—Antes era taquería, ahora es caquería. Lléveme al agujero.

—¿A esa pared donde hay gente con el brazo descubierto?

—Listos para meterlo en el agujero. El "doctor" del otro lado del muro da el picotazo —con las gafas negras sobre la cara parecía un dios sacrificador del México antiguo. Apeñuscó un billete. Esperó su turno.

—¿No le importa que la jeringa esté sucia? —le dijo José cuando lo vio salir como si le hubieran dado un picotazo en el alma.

—Meter el brazo en ese agujero es como jugar a la ruleta rusa.

—Antes de que nos separemos, dígame cómo se llama.

—Joel.

—¿Dónde vive?

—En la calle, el más grande hotel del mundo —Joel se fue con la cara ladeada a la manera de los loros.

—Wuey —pisado por el ciego, un chico con shorts floreados saltó pistola en mano.

—¿No ves que está ciego? —José salió a defenderlo.

—White trash.

—Te corto el cuello.

—¡Sin Nombre! —Ramón se plantó junto a José.

—No te metas, bato, porque te cargo.

—Nos vimos en el cementerio.

—Yo no ando entre los muertos.

—A tu madre visitarías.

—No tuve madre ni padre ni nada, soy hijo de la pinche miseria.

—Me equivoqué, ya párale —suplicó Joel.

—Así nomás, ¿te equivocaste?

—Te confundí con otro, wuey —el ciego se alejó.

—Señor, aquí nos despedimos. Esta noche es el cumpleaños de mi esposa y le prometí llevarla a cenar a un restaurante chino —dijo Ramón a José.

—Si regreso a Juárez lo busco.

—No creo, a partir del lunes cambio de trabajo. Abriré con mi cuñado un crematorio, es el mejor negocio en la ciudad. Soy bueno para restaurar decapitados y acribillados y hacerlos presentables ante sus familiares para las pompas fúnebres.

—Antes de dejar el taxi, ¿me llevará a Vergeles del Desierto?

—Como favor especial.

—La pasamos bien juntos, le deseo suerte.

—Tengo una duda: ¿Los cadáveres son orgánicos o tóxicos?

—Los de aquí, tóxicos.

Ramón Villa arrancó.

Una voz dijo desde una camioneta negra:

"¡Atención! ¡Aviso al público! ¡Se escapó de la cárcel el Sicario Rabioso. Es de alta peligrosidad. Lo atacó en su celda un murciélago infectado por el virus rábico. Si no tiene una jaula grande o una pistola a la mano, no trate de agarrarlo, pues cualquier tipo de estímulo sonoro, luminoso o aéreo lo pone violento. Tome las precauciones necesarias!".

Apareció en la calle el Sicario Rabioso con la boca babosa y trastrabillando de un lado para otro. Sin poder hablar, y sin ver a la gente, caminó hacia unos policías que lo estaban aguardando con armas largas en las manos.

Cuando José se fue, Joel abrió los ojos.

29. La narcofiesta

Por caminos de fango se dirigieron a Vergeles del Desierto. En las calles sin nombre, Ramón se perdió. Con un mapa en las manos se guiaba por los anuncios o los nopales en una esquina. Si José le decía que diera vuelta a la derecha se iba derecho, que se detuviera en un semáforo y se pasaba la luz roja. Cuando pedía direcciones a la gente se perdía más. Cuando se acercó a un policía militar con gafas de espejo, el tipo echó mano a la pistola.

En una calle en obras estaba un hombre sentado en un banco contemplando un mamey. Seguramente era un músico callejero, porque tenía recargada en sus piernas una guitarra. Con la cabeza apoyada sobre una mano, fascinado, no dejaba de ver el fruto de forma ovoide de cáscara rasposa parecido a una pelota de futbol americano. "Un mamey, un mamey", repetía.

—Hey, amigo, ¿cómo se llega a Vergeles del Desierto? —preguntó Ramón.

—No sé —susurró el hombre.

—Habla más fuerte, no te oigo.

—No sé.

—¿Nos hemos visto antes?

—No.

—¿En otra vida?

—No.

—Te pregunté por Vergeles del Desierto.

—Váyase por allá, doble a la derecha, doble a la izquierda, de vuelta en U y gire a la izquierda hasta toparse con pared.

—Gracias —Ramón pisó el acelerador y por unos diez minutos anduvo en los charcos como si salpicara luces.

—Alto —ordenó un guardia con metralleta.

—¿Aquí es Vergeles del Desierto?

—¿Quién viene en el auto?

—Yo —José se identificó.

—¿Lo espero o me voy? —preguntó Ramón.

—Espéreme.

—Cobro por hora.

—Está bien.

—Espéralo a la entrada de la maquiladora, pero que no se te ocurra bajarte del auto —el guardia le señaló una puerta de metal.

—Ramón, si llega a pasar algo me busca en el hotel.

—Adelante —un sicario con guayabera blanca, pelo corto, cara dura y pistola al cinto emergió de una puerta que se abrió automáticamente.

—Regístrese. Fecha, nombre y firma.

—Por allá —el sicario señaló una escalerilla al fondo de una enorme bodega con vehículos de lujo estacionados. Conductores y guardaespaldas, parados junto a las unidades, escondían armas en cofres y asientos.

Vigilado por los sicarios, José se dirigió a la escalerilla. Salió a un jardín con casas blancas. Cada casa guardada por un vigilante. Una chica con minifalda y blusa escotada vino a su encuentro:

—Para acompañarlo.

—José vio en torno de la piscina a tres jóvenes con tangas y bandas sobre el pecho sentadas en sillas playeras.

—Las muchachas no son de materiales sintéticos, son de carne y hueso. Se le recuerda que este no es un burdel, vamos al salón Cisne. Ese tipo con corbatín negro, camisa amarilla, bigote negro y cigarrillo de marihuana en la mano es Jesús Malverde —ella indicó el busto del santo de los narcos—. Según la leyenda, a comienzos del siglo XX Malverde se hizo al monte y se volvió el azote de los hacendados y de las familias ricas de los Altos de Culiacán. En aquella capilla se venera a la Santa Muerte. Se le representa como un esqueleto vestido de rojo con una peluca que parece hecha de llamas. A su altar vienen los devotos a ofrendarle velas, dinero y joyas. Como ve, en una mano sujeta una guadaña; en la otra tiene una balanza en la que sopesa el alma de los vivos y los muertos. Lo dejo en el salón. Su asiento está en la mesa 16. Su silla es la que tiene el moño rosa.

Delante de una larga mesa con vajillas y manteles blancos, el bufete estaba servido: sopa de tortilla, camarones al ajillo, filetes de res, carne de venado, patos asados, chuletas de puerco, cabritos y lechones al horno, pastas italianas, salsas mexicanas, quesos y postres, botellas de tequila, vinos, botellas de champán, charolas con jeringas, sobres con polvo blanco.

—¿Te acuerdas de mí? —le preguntó José a una joven de caderas anchas, boca floreada y blusa con escote redondo que platicaba con una amiga. Por la forma del trasero, el pelo hasta la cintura y las uñas con dibujos de corazones, le recordó a la buchona de la Zona Rosa.

—No —ella dio un paso hacia atrás como si viera a un fantasma.

—¿No eres Lluvia?

—Aquí no nos conocemos, ¿eh?, aquí soy la Señorita Coralillo, ¿eh? —le mostró la banda sobre el pecho y, quitándose las gafas de sol, le mostró unos ojos hundidos en un rostro agraciado pero vacío y duro.

—Ah, ya veo.

—A ninguno de los dos conviene la familiaridad, ¿eh? —ella se fue picoteando el piso de mármol con sus zapatos de tacón metálico.

—Mantenga su distancia, amigo, como los coches en la carretera los sicarios están más cerca de lo que parece —a punto de seguirla, lo contuvo la amiga—. Puede comprometerla, va a una cita privada con el Señor, y el Señor es celoso.

—¿Cómo se llama ella?

—Aquí es la Señorita Coralillo.

—Su atención, por favor, tengo el placer de presentarles a las finalistas del certamen Miss México. Desde sus estados de origen han venido a Juárez para mostrar al mundo que la ciudad fronteriza es un centro que ofrece grandes oportunidades no sólo a los inversionistas y a las maquiladoras, sino también al turista de clase —subió al estrado una mujer de facciones chupadas y cuerpo seco para presentar a las chicas con tangas que estaban recostadas frente a la piscina—. Ahora, los invito a pasar a la sala de al lado para mostrarles un promocional en el que se demuestra que el año pasado registramos un récord histórico de visitantes.

—Discúlpame, María Teresa, pero tengo que hacer un anuncio —la interrumpió el moderador—. Ha llegado a Vergeles del Desierto el perro más rijoso del panteón mexicano, Carlos Xólotl.

El aludido, corpulento, con cuello corto, manos como garras, ojos como brasas y la lengua de fuera, quien se parecía más a *El Fantasma de una Pulga* de William Blake que al dios canino, no desmintió la presentación, cuando María Teresa bajaba del estrado volvió la cabeza para verla por detrás. Luego, como un demonio sediento de sexo, entró y salió del salón mirando a las invitadas. Lo seguía una chica rubicunda topless y con tanga.

Enseguida hizo su entrada un tameme, vestido como indio de carga del México antiguo, arrastrando una carretilla con una víbora de cascabel entronizada. Era la diosa serpiente, la cual, vista desde arriba, parecía un ojo que se agrandaba a medida que divisaba a la víctima.

—Ahora, señores y señoras, les pido un aplauso para Lolita La Chata, la invitada de honor de la noche —explicó el moderador y estalló una música como de película de Hollywood de la Roma imperial. Cuatro mozos cargaban sobre los hombros una litera con una mujer gorda que era toda sonrisas. Aretes de plata colgaban de sus orejas; collares de piedras preciosas le daban vuelta a las chiches. Un amplio vestido de seda no podía disimular sus lonjas. Depositada en el piso de mármol, ella descendió.

—Lolita La Chata —un hombre la saludó con una voz hueca emitida por una laringe artificial.

—Gracias, amigo —con una risotada ella liberó su larga cabellera recién pasada por el champú y los tintes. Hacia él extendió su brazo gordo, cuidando de no tocar su pistola debajo del cinturón.

—Estás en tu casa, preciosa —el anfitrión llevaba cadenas de oro, gafas oscuras, bufanda y camisa de seda, zapatos de piel de cocodrilo.

—¿Por qué hablas tan golpeado, pendejo?

—Me quitaron las cuerdas vocales y tengo que hablar a través de un pequeño sintetizador de sonido que llevo oculto en la camisa.

—Mentiroso.

—Espero que te acostumbres a mi voz robótica.

—No te preocupes, mi pinche amor.

—Cuánto tiempo sin vernos, cabrona.

—Desde ayer, medusa.

—Estás guapísima, hiena.

—Viniendo de ti no lo creo, cerdo.

—¿Qué te sirvo, glotona?

—Algo que no sea veneno, traidor.

—¿Cómo crees, puta? ¿Vitaminas para el hígado, machorra?

—Agua, corazón, contigo sólo agua —Lolita La Chata se sentó en un sillón de roble. Con la espalda a la pared observó la puerta para monitorear las entradas y salidas de la gente.

—La casa invita, chula —el hombre con la laringe artificial vertió una bebida en un vaso con hielo y se sentó a su lado.

—Yo le mandé la invitación. Fui amigo de Lucas —un hombre cincuentón, con camisa a cuadros, se acercó a José.

—¿El tipo de la laringe artificial es el Señor?

—El de la voz no es el Señor, es el secretario de Turismo del estado. Administra hoteles, casinos, burdeles y algunas pandillas.

—¿Quién es Lolita La Chata?

—Su abuela fue Lola La Chata, la traficante de drogas duras más dura de los años cuarenta del siglo pasado. Proveía de estupefacientes a William S. Burroughs, el pederasta que se creía Guillermo Tell y una noche le dio un balazo a su mujer en la cabeza.

—¿Qué más sabe de Lola La Chata?

—Vendía verduras en La Merced y hacía negocios en un café de chinos en la Candelaria de los Patos, hasta que se vino a la frontera y se convirtió en la más grande proveedora de morfina y heroína de los soldados estadounidenses que regresaban de la Segunda Guerra Mundial. Murió de un infarto mientras se hallaba de vacaciones en la Cárcel de Mujeres.

—¿Hay esperanzas de hallar a Lucas?

—Ninguna. Su hermano fue asesinado por reos en el penal de Juárez —el hombre evadió mirarlo.

—¿Cómo lo sabe?

—Por contactos.

—Usted y Lucas, ¿trabajaban juntos?

—Yo no diría eso, nos tratamos en la Zona Rosa y aquí, en Juárez, fuimos clientes frecuentes de La Sirena.

—¿Qué le pasó?

—Cuando Lucas llegó al penal aquel jueves de marzo, tres presos lo estaban esperando para matarlo. El asesinato se cometió en los baños del reclusorio. Los agresores estaban allí por delitos de sangre.

—¿Qué desencadenó la riña?

—Dos bandas se peleaban por el control del penal y en el área de visitas una mano anónima le dio un tiro. El resultado del motín fueron veinte muertos y diez heridos, tres de gravedad.

—¿Qué armas utilizaron?

—Pistolas y cuchillos. Unos visitantes fueron protegidos por reos. Otros, fueron encerrados en un túnel por los custodios. Cinco personas sirvieron de rehenes. Para sofocar el motín, el Centro de Readaptación Social fue tomado por elementos de la Policía Federal. Dos helicópteros sobrevolaron el edificio para liquidar a los internos que estaban en el techo.

—¡El Jarabe Loco! —un bailador con guayabera y pantalones blancos y sombrero de cuatro pedradas empezó a zapatear el son parado sobre una tarima de madera debajo de la cual había una caja de muerto.

—Al final del baile la tarima se romperá y él caerá en la caja.

—Tenía esperanzas de hallar a Lucas vivo.

—Era un hombre marcado, bueno, adiós.

—Eh… ¿cómo se llama?

—Jaime.

—Jaime qué.

—Jaime No Me Busques.

De repente, en el salón, una buchona comenzó a gritar: ¿Dónde está mi hermana menor? ¿Qué han hecho con ella?

Un hombre calvo, con un vaso de whisky en la mano, como si la viera desde arriba, la interrogó:

—¿Quién es tu hermana?

—Miss Mazatlán.

—¿Qué le pasó?

—Fue al baño y no regresó, ha desaparecido.

—Se habrá ido con alguien a dar un paseo.

—¡Bravo! —Lolita La Chata aplaudió al bailador de la tarima. Nadie supo si aplaudía porque el espectáculo le gustaba o porque había acabado.

—Ven conmigo —el hombre con cola de caballo cogió a José del brazo. Le puso en la boca dos pastillas azules y le dio un vaso de agua para tragárselas. Lo llevó por un pasillo. Lo paró delante de una puerta. Lo introdujo en una suite. En una cama matrimonial estaba una mujer desnuda con los brazos alzados y los pezones erectos. Era Lluvia.

José la miró asombrado.

—Un detalle del señor de la voz —el hombre con cola de caballo se retiró.

—Soy Martha Lilia, qué calor hace aquí —una mujer morena de grandes ojos negros empezó a desnudarse. Luego de quitarse un zapato y bajarse las medias, le indicó a José que se tendiera en la cama. Mandó salir a Lluvia. Pero ella se quedó en el cuarto. ¿A cuál escoger? ¿A cuál amar? Las dos eran para él. Lluvia bostezó. Su boquita se abrió como una flor sangrienta.

Martha Lilia maniobró su miembro. Al sentirlo duro, lo acercó a su trasero. Lo metió entre sus piernas. Desde ese momento arrastró a José por un torbellino carnal que lo apretaba, lo aflojaba, lo sacudía y se retiraba como si quisiera arrancarle el pene. Sus dientes castañeteaban, sus ojos se humedecían, su cuerpo se ladeaba, se dejaba caer. Él veía su cara roja, pálida, sudorosa; sus dientes, sus cabellos, mientras Lluvia, parada delante, tragándose el orgullo, sus ojos echando chispas, esperaba su turno. A veces, para disimular su impaciencia, miraba al techo, al tapete, a la silla, a las cortinas de terciopelo, a sus muslos, a ellos haciendo el amor. Lasciva, seguía la secuencia de besos y caricias.

Cuando Martha Lilia acabó, el hombre con cola de caballo entró a la recámara. La sacó de la cama y se la llevó. Ella, al salir, volteó hacia José con gesto de discúlpame, no es culpa mía que me vaya, nos vemos otro día.

Lluvia cerró la puerta y se lanzó sobre José. Se sentó sobre él, se movió como si lo arrastrara por un río de muslos y glúteos. Hasta que en medio del abrazo él percibió un fuerte olor.

—Las bebidas con burbujas y las comidas suculentas suelen producir flatulencias —Lluvia, con mirada traviesa, le dio un beso.

30. La Casa de la Narcorrealidad

Por Martha Lilia no pasaba el tiempo, pasaban solamente las cirugías plásticas de nariz y de párpados. Cada 14 de junio cumplía treinta y dos años. Detenidos los relojes biológicos en esa fecha. Pero para celebrar su último aniversario, el Señor de la Frontera había ordenado un pastel de cinco pisos. Lo coronaba la efigie de una Reina Morena con una diadema en la cabeza y una minifalda con estrella dorada. Lo más posible parecida a ella.

Oriunda de Durango, tierra de alacranes, envuelta en sarape de Saltillo, Martha Lilia bailaba a lo largo del Río Bravo en una cadena de antros propiedad del Señor de la Frontera. Su cuerpo en lencería era anunciado en los periódicos locales y en los espectaculares de las ciudades fronterizas. Su clientela era variada: empresarios socios de funcionarios, capos pesados amigos de texanos con acné, policías judiciales, militares y gobernadores. Ella no pedía credenciales a nadie, sólo tarjetas de crédito, cartas de fidelidad y que no fuesen mezquinos. A su juicio, los hombres entre más violentos eran más entrones, entre más impulsivos menos rajones.

En la fiesta se decía que Martha Lilia era la novia del Señor, a quien apodaban lo mismo El Roberto, El Carlos, El Legión, El Alacrán que El Rey del Polvo Blanco. Aunque supuestamente los dos primeros habían sucumbido en una balacera con el ejército en el aeropuerto internacional era un secreto a voces que residía en El Paso, San Diego, en algún lugar del triángulo dorado o tenía celda VIP en el reclusorio, por protección, no por castigo. Se decía que el hombre de la laringe artificial no era el Señor, sino otro que andaba en la fiesta de incógnito o se paseaba tranquilamente disfrazado de vendedor de pólizas de la compañía Miami Life Insurance o de gerente de una maquiladora o de un empresario hotelero.

El Señor, prendado de Martha Lilia, solía acompañarla en sus tours por los téibol dances de Monterrey, Culiacán, Matamoros, Tijuana y Ciudad Juárez cargado de regalos o de chequeras. Tenía un particular sentido del humor, ya que a mujer poseída la consideraba de su propiedad, y a sus propiedades les herraba los glúteos con su nombre. De manera que quien le viese el culo a una chica con la letra R o C o A en un círculo de pintura negra debía saber a qué atenerse, pues arriesgaba perder la cabeza. Sobre la Reina Morena, Jaime No Me Busques había hecho un cuarteto, que le confió a José, como si fuese difunta:

Ella era bella, era sexy,
era atrevida, era esbelta,
era tierna, era buena,
y tan tonta que daba pena ajena.

Martha Lilia, sentada en un sillón con las piernas cruzadas, se pintaba la boca, se examinaba los pechos, su cara como una máscara de barro.

María Antonieta de la Sierra le cantaba *Las mañanitas* con una letra suya que decía "Cuéntame las pecas de la espalda mientras me abrazas".

De repente, el Señor puso a las mujeres a desfilar. A la potra de Manzanillo, a la culona de Mali, que al principio José creyó era de Madagascar, a la vendedora de medallas de Medellín, a la mulata de la favela de Rosinha, y a Lesbia Martínez, maestra de mambo de La Habana.

Hacia la una de la mañana se oyeron pasos y balazos en el corredor. Seguramente los intrusos habían violado las cámaras de vigilancia y las puertas blindadas por contactos internos. El Coyote, que había pasado la noche con Lolita La Chata, advertido en su celular del operativo, se dirigió a la cocina, abrió una puerta secreta y se echó a correr por el jardín. Camuflado por la oscuridad atravesó el lago artificial, donde envejecía un delfín solitario, y alcanzó la cochera principal, donde un coche en marcha lo esperaba. Se subió al BMW. Pero se bajó, y optó por el helicóptero.

—Déjenlo pasar, ¿no ven que por el color del cielo parece que va a helar y hay mal clima para que los helicópteros puedan despegar? Cuando se canse podemos alcanzarlo en un lugar propicio para dialogar. No se les olvide que el señor Coyote contribuyó en mayo pasado a la construcción de viviendas de interés social en la periferia de la ciudad —un comandante de la policía detuvo a empellones a los agentes que querían salir a arrestarlo.

—Se fue desnudo, su ropa está en la silla. Al fin Coyote, deja su piel en el camino para hacer creer a la gente que está muerto —dijo alguien.

—Ahora sí, cabronas, comenzó la narcofiesta, ¿no ven que estamos congregados en la Casa de la Narcofelicidad? —gritó el Jefe de Operaciones Especiales, mientras el señor de la laringe artificial y Lolita hacían mutis y unos policías empezaron a desnudar a las mujeres y a quitarles la coca que inhalaban. Otros procedieron a arrancarles collares y anillos o se ocuparon en limpiar los bolsos de tarjetas de crédito, alijos de cocaína y frascos con pastillas psicotrópicas. Los juguetes sexuales y los catálogos con fotos de prostitutas quedaron en su lugar. Pero el Jefe de Operaciones Especiales comprendió que antes de escoger a una era necesario poner a todas a desfilar, mandando a dos jovencitas a la recámara principal que tenía camas gemelas que se bajaban con botón.

La Casa de la Narcofelicidad se convertía en la Casa de la Narcorrealidad. Hombres y mujeres con la cara maquillada y el cuerpo oliendo a agua de Colonia recibieron un mar de bofetadas. Nadie estaba seguro de la identidad de nadie. Los convidados declaraban procedencia y nombre falsos, y a cada golpe cambiaban de versión. Asegurando que no cometerían traición, pedían a los altos mandos policíacos que no los fuesen a maltratar. Pero pegar era un insumo erótico al que los capos no podían renunciar y ellos se tenían que acostumbrar. Los policías no tenían que ser escrupulosos con las que se iban a juntar, después de todo no las iban a desposar, sólo a degustar, y después a desechar. Porque la mujer y el hombre como res podrida al poco rato empieza a apestar.

—¿Qué hacían aquí? —Tequila y Mezcal, asistentes del jefe de Operaciones Especiales, interrogaron a dos buchonas.

—Vine a trabajar.

—¿Y tú?

—Era invitada especial.

—¿De los narcos?

—No sabía que eran narcos.

—Entre armas, drogas, dólares y mujeres de la vida, ¿no sabías nada?

—Nada, yo creía que venía a la fiesta de una mujer casada.

—¿Cómo viniste?

—Nos recogieron en una camioneta con vidrios ahumados. No vi nada.

—¿En dónde?

—En la agencia de modelos.

—¿O en una casa de putas?

—Ya dije lo que tengo que declarar.

—¿Quién te recogió?

—El chofer no sé cómo se llama.

—¿Quién lo mandó?

—No tengo información.

Hastiados de interrogar, Tequila y Mezcal mandaron echar bolsas con hielo a la piscina y cuando ésta alcanzó la temperatura deseada aventaron a Vittorio Cagnazzo, propietario de la Trattoria Notte d'Oro, cuyas especialidades eran Mascarpone en Polvo Blanco y Lola a la Pizzaiola. Zselo Zsaizsar, custodio de un reclusorio femenil, y Juan Manuel El Figurín, asistente del general García Flores, fueron lanzados al agua para que se dieran una enfriada, pues tenían la temperatura muy alzada. Y los tuvieron sumergidos hasta que empezaron a patalear.

—¿Qué pasó, potrancas, pónganse a talonear, dos, tres veces hasta el cuerpo cansar y el salario desquitar. La fe que he puesto en ustedes no deben defraudar. A mí llévenme a dos cueros a la recámara principal, y allá decidiré con cuál debo cohabitar. Fast, no las vaya a la piscina echar, que con el baño de hielos calientes hasta con las nalgas van a estornudar —el Jefe de Operaciones Especiales decía esto y hacía aquello delante del narcosanto en la pared, el cual, parecía también tener ganas de festejar.

—Señor jefe, le habla el patrón —Mezcal le dio el celular.

—Perdón señor santo, debo contestar a la superioridad.

Los polis se pusieron a interrogar a los detenidos y se llevaron a la cama a la modelo de la revista *Oso Negro*. A Cecilia Braccio y Lesbia Martínez, a la mulata de la favela de Rosinha, a Zselo Zsaizsar y a Juan Manuel El Figurín —con peluca de mujer, los labios rojos y el trasero ensillado como yegua— los dejaron esperando turno. Las acusadas de tráfico de drogas, contrabando de personas y lavado de dinero era riesgoso conservar, pues cómo cohabitar a gusto con el cuerpo del delito, si pronto se debía entregar. Los documentos migratorios serían decomisados y ellas arraigadas en el Centro de Delincuencia Organizada. O por lo menos, enjauladas en el Rincón Social, un penal de mediana seguridad. O entregadas a las autoridades migratorias para su deportación o para su distribución entre las mafias para su comercialización.

—Cada agente según su rango podrá guardar las joyas de los detenidos —determinó el Jefe de Operaciones Especiales—. He echado un vistazo en las afueras de la casa de la Narcofelicidad y me he cerciorado de que efectivos armados resguardan los estacionamientos, los túneles de escape y el helipuerto, no vaya a ser que los polis quieran escapar con ellos.

—Aquí hay un cabrón maricón —Tequila descubrió en un ropero a un mesero punkie y junkie con los pelos parados.

—No me hagan daño, que sólo he venido a Vergeles del Desierto a trabajar, tengo mamá y hermanos pequeños que alimentar.

—Como dijo un cretense, todos los cretenses son mentirosos, así yo les puedo asegurar que este mesero es mentiroso —rió Mezcal.

—Miren a Perlita —Tequila mostró a un corcovado albino.

—No soy Perlita, soy Chak el Maya, el animalero del señor Coyote.

—Chak nos dará un tour por el narcozoológico —anunció Mezcal—. Nos mostrará tarántulas de rodillas rojas y cocodrilos fosforescentes. Pero si no nos dice dónde está El Coyote, pasará la noche en la jaula del jaguar.

—Disculpen mi versión, pero sólo una vez me topé con el señor Coyote.

—Si no te acuerdas dónde están los túneles de la frontera, te daré toques.

—Y para que los macacos de tus hijos se diviertan, violaré a tu mujer.

Chak el Maya declaró:

—Esta es mi lista de especies que trajimos en barco, avión y camión sin cuarentena sanitaria ni permiso de entrada: llamas peruanas rumiadoras de coca, vacas pelirrojas de Irlanda, gacelas de Senegal, víboras de Durango, guacamayas guatemaltecas. También disponíamos de lagartijas que se asoleaban desnudas en las piscinas, de alacranas prensadas en ceniceros que al Señor le gustaba regalar a sus amistades. Pero no era responsable del jaguar que con sus rugidos denunciaba su miseria.

Un altoparlante lo acalló:

—Se ruega a nuestros invitados regresar al Salón Cisne, que la fiesta va a continuar con la rifa de Miss Mazatlán.

31. Final de fiesta con muertos

"¿Te acuerdas de aquella noche? La música de Chopin resonaba en el piano y tu boca clamaba frente a mi boca: Más, más", escribió José. "Pero mientras la chica en cueros estaba en el sofá, se abrió la puerta y entró el Señor de la Frontera. Y como un Terminator del fin del mundo le clavó los dedos acerados en el cuello. Allí acabó la chica, con la banda de Señorita Coralillo sobre el pecho".

—¿Cómo pasaste la noche? —le preguntó a Lluvia cuando salía del reservado.

—Aparte de una pesadilla, no mal.

—Yo también tuve una, pero sin dormir.

—Conocí a Lucas...

—Lo sé.

—Aquí y allá me lo encontraba —ella se señaló con la mano partes del cuerpo—. Era amoroso, pero peligroso. Aprendió a matar al servicio del Señor, pero su jefe lo mandó cuidar a su buchona, a acompañarla a fiestas para que no se la comieran los lobos y para que no se le perdiera entre las bandas de música grupera y las mesas con mota y perico. Lucas se enamoró de ella y no la perdía de vista un momento, no para custodiarla, sino para buscar la oportunidad de estar a solas con ella. Acabó metiéndose con la fruta prohibida, no por los ojos sino por el trasero. El vigilante era vigilado, y como al jefe nadie le ve cara y tiene mil ojos y orejas que ven y oyen por él, un día que dijo que tenía negocios en El Paso regresó de repente, y los encontró en la cama. ¡Se encabronó un chingo! Más cuando supo por labios de ella que un hijo de Lucas venía en camino y que el sábado se casarían en la iglesia del Sagrado Corazón. Así que cuando el cura iba a casarlos, un comando entró a la iglesia para matarlos a tiros. Aunque él escapó en una camioneta, yo fui arrastrada de los cabellos por el piso. Él se refugió en el D.F. hasta que le cayeron unos policías y lo trajeron de vuelta a Juárez en la camioneta en que se había fugado. Días después los cadáveres del cura y los testigos aparecieron desnudos con las manos amarradas a la espalda, la cara cubierta con cinta adhesiva y señales de tortura. A Lucas lo madrearon sus amigos hasta que apenas dio muestras de vida. Entonces unos agentes judiciales lo llevaron a la cárcel, donde un convicto lo asesinó. Yo no he dicho nada, yo sólo obedezco al jefe.

—Lucas desde joven fue un golfo.

—Conservo su saco, lo guardo en mi depa, a mí no me sirve, pienso tirarlo a la basura, se lo regalo.

—Me traerá malos recuerdos, dáselo a un huérfano.

—Aquí hasta los huérfanos son quisquillosos, quieren chaquetas nuevas, no les gusta la ropa agujerada.

—Lo siento.

—¿En qué hotel se está quedando?

—En el Edén.

—Escapémonos juntos. El jefe me va a matar, no perdona lo de Lucas.

—No tengo con qué mantenerte. Ni capacidad para hacerte el amor. De hecho sufro de la próstata y tengo problemas para orinar.

—Tomemos el vuelo de las seis de la mañana. Luego me iré por mi lado.

—¿El hombre de la laringe artificial partió con Lolita La Chata?

—Durmió con Martha Lilia. Bueno, nos vemos en el aeropuerto.

—De nuevo, ¿cómo te llamas?

—Lluvia.

Cuando ella desapareció, apareció el sicario con cola de caballo:

—Mister, el Señor quiere verlo, tiene un asunto pendiente con usted.

José fue llevado por un pasillo estrecho que parecía el intestino grueso de la mansión. Fue introducido a un reservado con un techo bajo como un cielo encapotado. Allí aguardaban en paños menores Zselo Zsaizsar, Lesbia Martínez, la mulata de la favela de Rosinha y El Figurín. Atravesaron una capilla con una cúpula tan alta que el círculo negro de su bóveda parecía abarcar toda oscuridad.

—Espere aquí a que lo llamen —el sicario le indicó un sillón de cuero. El cuarto estaba decorado con animales disecados: dos leones, un oso negro, tres cérvidos. Casi con temor, José observó la puerta de vidrio que daba a un jardín patrullado por rottweilers, una vitrina con armas de fuego, algunas en sus fundas, y un *itztli*, el cuchillo del sacrificio humano.

—El taxidermista disecó los animales que cacé. Es un artista de la muerte, parecen vivos —entró diciendo un hombre con máscara de luchador, traje negro de lino y zapatos blancos. Transmitía una dureza extrema con si anduviera envuelto en una impenetrable negrura.

—Me dijeron que tenía algo que decirme —José vio entre la repulsión y la reverencia a esa criatura que parecía estar hueca, ser una sombra parada, unos ojos enrojecidos, una fascinación morbosa.

—Lucas me traicionó —dijo el hombre con calma—. De los dos traidores, tu hermano fue el peor.

—Discúlpeme, señor, encontramos a este chico robando huevos de avestruz en el zoológico —el sicario con cola de caballo aventó al piso a un mozalbete con shorts floreados y playera blanca. Como una lagartija que va a ser aplastada por un gigante, Sin Nombre lo miró espantado.

—Que se los trague —ordenó el hombre con máscara de luchador.

—Son huevos con coca.

—¿Cuántos?

—Cincuenta.

—Que se los trague.

—Morirá.

—A estos cabrones hay que matarlos en el nido —profirió el hombre.

—¿Oíste? —el sicario sacudió al huérfano del cementerio. Sus ojos preveían martirio y ejecución.

—Estaba con El Mariachi, ese cabrón que andaba con una guitarra llena de coca. A los doce años se dedicaba a torturar y degollar.

—¿Hablas en pasado?

—Ya lo despachamos.

—Ese chico es mudo —dijo José.

—Mejor, así no gritará.

—Señor, recuerde, en el principio era el verbo. Si él, estresado por un terror extremo, llega a retener la palabra, el verbo explotará en sus entrañas.

—¿Quieres asistir a su operación de garganta?

—¿Por qué no lo mira?

—Yo miro donde se me antoja; yo no juego, mato.

—El mundo interior de ese niño está lleno de miedo.

—¿Quién no vive en ese infierno?

—¿Puedo ver su rostro?

—¿El mío? Míralo —el capo se quitó la máscara. Debajo tenía otra.

—Veo el rostro del terror.

—So?

—¿Puedo retirarme? —José caminó hacia la puerta.

—Aún no, de rodillas —el sicario con cola de caballo lo obligó a hincarse.

En ese momento entró Carlos Xólotl como personificando a *El Fantasma de una Pulga* de Blake. Corpulento, con ojos como brasas, manos como garras, la lengua de fuera, caminó en círculos por el salón. Lo seguía la muchacha rubicunda tocando un caracol.

—Toma, cabrón —de repente Xólotl aventó a Sin Nombre contra la pared, lo colgó de unos garfios y le asestó un cuchillazo en el cuello.

—¡Bestia! —José vio su sangre caer sobre sus zapatos.

—Llévate las pantaletas de Miss Mazatlán —el sicario con cola de caballo alcanzó a José en el corredor y le entregó una bolsa de plástico con ropa íntima ensangrentada—. Está un poco sucia, el Señor se sacó a la Miss en una rifa sin haber comprado billete.

Al fondo de la sala el cuerpo desnudo de la mujer apareció sentado en una silla de cuero. Finos hilos de sangre salían de su costado izquierdo. Su mirada se clavaba en el vacío.

32. Rumbo a las doce

—¿De dónde vienes? —Pek lo esperaba a la puerta.

—De un círculo del infierno —José buscó las llaves en el bolsillo. Su domicilio tenía dos entradas, una en cada calle. La puerta principal la usaba cuando quería ser visto por los vecinos. La lateral, para evitar encontrarse con ellos. Antes de marcharse había dejado la luz prendida en la planta baja. En la planta alta, por la ventana abierta podía verse su ropa lavada moviéndose como si el dios del viento Ehécatl, con su máscara roja en forma de pico de pato, estuviese barriendo el camino de los tlaloques, los pequeños dioses de la lluvia y el relámpago—. ¿Adónde vas tú?

—Rumbo a las doce —dijo Pek.

—Las doce no es un lugar, la hora es una unidad de tiempo. Mi reloj biológico está fallando, me quedan pocos tic-tacs.

—¿Vas a salir de nuevo?

—Voy al aeropuerto en busca de Lluvia.

—¿Quién es?

—Ya te contaré.

—¿Estás enamorado?

—De Alicia. Pasé treinta años con ella.

—Pensé que la habías olvidado.

—Se me aparece en sueños: comiendo, platicando, fumando.

—No hablas mucho de tu vida con ella.

—Hay cosas que tú sabes y cosas que saben de ti —José subió a su recámara. Un foco de cuarenta vatios mal alumbraba el lecho austero, el almohadón de plumas, el joyero sobre la cómoda, la maleta a la puerta. Casi nada se había movido desde la muerte de Alis: blusas, faldas, zapatos y cepillos de dientes estaban como en su tiempo. Una toalla blanca, un jabón olor a limón, un frasco de champú eran aportaciones recientes, objetos serviles con fecha de caducidad, pero más duraderos que él. En ese entorno cada noche abrazaba en la cama vacía a su Eurídice.

—El mejor portero del mundo, el viento —dijo José a Pek cuando la puerta se cerró de golpe—. ¿Entras o sales? Si quieres cerrarla asegúrate que estés dentro, porque corres el peligro de quedarte fuera.

El perro estaba en el otro cuarto tendido en su colchoneta, camuflado con la noche, sus ojos fulgurantes se clavaban en él. José se sentía protegido, ajeno al peligro, dentro de la guarida existencial de su perro. De un momento a otro lo vio saltar y plantarse al pie de la escalera con la cola rígida y las orejas tiesas. Como seguía en la colchoneta, le preguntó:

—¿Cómo es que estás en dos lugares al mismo tiempo?

—Tengo el don de la ubicuidad.

—¿Dónde están los perros que vinieron contigo?

—Andan buscando huesos en la ciudad.

—¿Qué te pasa?

—Si te digo, te asusto.

—Debo decirte ahora que desde la noche en que te fuiste he dormido mal pensando que un enemigo mío te dio muerte.

—No fue un enemigo tuyo el que me dio muerte, fue el *itzcuinquani,* el comedor de perros. Cuando tomó posesión del territorio de Coyoacán, comenzó a aullar. Yo le respondí. Sus sicarios trataron de atraparme. Yo escapé. Una camioneta negra me planchó en el pavimento.

—Pek, ¿tienes hambre?

—Soy un hambriento crónico.

—¿En el más allá cazaste sombras y mordisqueaste basura?

—Perseguí el espectro de un hombre de cabellos blancos como tú.

—Si los hombres mueren en cama o mirando a la pared, o apretando la mano del fantasma de su mujer, ¿cómo puedes ayudar?

—Estando del otro lado.

—¿Del otro lado?

—Cuando la gente va a morir clava la vista en el otro lado, en el otro lado de la silla, en el otro lado de la puerta, en el otro lado de la persona que está sentada delante de su cuerpo. En ese otro lado estoy yo, esperando.

—¿Por eso traes un hilo en el pescuezo?

—Por eso.

—Pek, no te alejes.

—Tzi.

—Tzi, ¿quiere decir morder?

—Tzi.

33. Bala perdida

La lluvia batía los cristales. Las cenizas trazaban en los vidrios caminos sucios. Oscuridad y lluvia se peleaban en el espacio. José bebía en la cocina un vaso de leche cuando un coche dio la alarma de robo. Puso el vaso en el lavabo y subió a la terraza. Se apoyó en la barandilla como si se apoyara en el aire. La tormenta lejana batía allí cerca. Fragmentos incandescentes bañaban con luces y cenizas la boquita pintada de la chica en el anuncio de lápices labiales. Observó el resplandor de millones de luces que negaban la noche a la ciudad neurótica. Una camioneta negra se detuvo en la calle. Se echó en reversa. Un auto le cerró el paso. Los ocupantes de los vehículos empezaron a tirar balas sobre paredes y ventanas.

—Malditos —José los amenazó con la mano.

Los pistoleros se dirigieron hacia la Escuela para Ciegos. Patearon en el camino a un gato callejero. Regresaron y balearon la fachada. ¿Eran policías o sicarios? Lo mismo daba. Un fotógrafo sentado sobre un Volkswagen disparaba flashazos como si quisiera retratar a la muerte parada al lado de José.

—¿Lo habrán comisionado los narcos para fotografiarme? Están equivocados si creen que me intimidarán. Ba-ba-bala perdida me dio en el corazón —José sintió un dolor en el pecho, aunque el proyectil disparado por el sicario con cola de cabello, ahora con chaqueta de cuero y botas de texano, había dado en una maceta. Con la vista obnubilada y el andar difícil, José se tropezó con la jaula vacía. Recordando que, habitada por dos *Aratinga canicularis*, una tarde había llegado un perico frentinaranja perdido, y él lo había capturado con una toalla y metido en la jaula. Pero marchándose al cine con Alicia, al volver horas después lo había encontrado muerto a picotazos por los

Aratinga canicularis. Su reacción había sido darles libertad a las criaturas verdes, con azul en las alas y la cola puntiaguda, a sabiendas de que en el barrio merodeaba un halcón.

Camino de su cuarto, José se detuvo delante de la casa de Martha Valencia. La puerta estaba abierta y se agazapó en las sombras dudando entre entrar y marcharse. Comenzó a llover y entró. La siempre entusiasta para el amor señora estaba acostada sin pantaletas y sin sostén, el vestido echado hacia arriba tapándole la cara. En su entrega a Morfeo abría las piernas y los brazos como si quisiera airearse, su araña peluda descubierta. La tarjeta de visita de Juan Manuel El Figurín estaba en un zapato blanco. Como firma de asesino había dejado en una silla su ropa: una blusa color lila, unas pantaletas de seda y unas medias negras. Las prendas planchadas como para mostrar a los demonios del voyeurismo la eficiencia de su mujer de limpieza.

José echaba un último vistazo al cuerpo de Martha Valencia, como si su desnudez perteneciese a un mundo abolido, cuando notó que Pek le metía el hocico entre las piernas para lamerle el semen de su amante. Sonó el teléfono, y corrió a casa.

—Hola, soy Blanca, la chica que el otro día estaba en la mesa de al lado —le dijo una voz femenina—. Me dio su número el dueño de EL TELEGRAMA.

—¿En qué puedo servirle?

—Olvidó en el café una lista con nombres. Tengo los papeles en mi poder. Salgo de viaje esta noche y regreso la semana próxima. Si le urgen, puedo pasar a dejárselos.

—No se preocupe, los muertos no se van a ir a ningún lado, pueden esperar hasta su regreso.

—¿Se le han olvidado antes algunas cosas?

—Sí, mi vida está llena de olvidos, una vez dejé en un bar una chaqueta de pana, en un taxi perdí un cuaderno, en el metro tiré la cartera.

—¿Está seguro de que no necesita los papeles?

—No se preocupe, hay cosas que uno busca y cosas que lo buscan a uno

—José colgó. Miró la foto de Alis. Las cenizas cubrían su cara. La imaginó caminando por las calles de Coyoacán con los zapatos negros en las manos. Tenía las nalgas achatadas por la muerte. El Inframundo estaba a la izquierda, el Supramundo a la derecha. Para pasar de uno a otro había un puente invisible. Un fuerte viento golpeaba a los que transitaban por ambos mundos. José escuchó pasos. Se dirigió a la persona que los causaba. Esperaba hallar a Alis, pero se encontró con una Mujer-Murciélago. Como en un códice prehispánico, tenía atributos de la diosa de la muerte, desplegaba las alas membranosas, mostraba en el hocico colmillos ensangrentados. Bailaba al ritmo de un tambor. Con una mano agarraba a un cautivo de los cabellos. Con la otra, sujetaba un corazón humano. Detrás de la Mujer-Murciélago venían las dignidades del sacrificio humano. Arriba del viento volaba una guacamaya roja. José se fue a la recámara como para recoger en el lecho el sueño de su vida rota. Sonó el teléfono. Con flojera, con cólera, levantó el aparato.

—Soy Paco Pacheco de El Palacio de Hierro, le hablo para decirle que por la manifestación de maestros llegaré tarde para entregarle su pedido

—Recuérdeme qué pedido.

—La cama que compró la semana pasada.

—Está equivocado —José colgó de golpe como una manera de abofetearlo. El teléfono sonó otra vez.

—Su llamada a Bolivia está lista.

—Discúlpeme, pero no he pedido ninguna llamada a Bolivia —José se fue a acostar. El aullido de las sirenas policíacas atravesó la noche entre ramalazos de lluvia. Poco después, se quedó dormido.

—Tengo frío, soy Pek —un cuerpo suave como muslo de mujer se acomodó a su lado—. Hora de despertar.

—¿Qué hora es? ¿No es muy temprano?

—Al mundo donde vamos no hay temprano ni tarde.

—Quieres decir que…

—Nos vamos.

—No veo mi sombra en el espejo, ¿qué significa eso?

—La segunda muerte, la pérdida de la sombra.

34. Descenso a sí mismo

Asesinan la belleza, decía el encabezado de *El Diario* que alguien metió por debajo de su puerta.

La foto en la primera plana estremeció a José. Una joven de cabellera negra había sido asesinada de un balazo en la boca. Tendida sobre un paño, tenía los ojos abiertos. Un agujero le partía en dos los labios.

La nota decía: "Lluvia Morales González, Miss Coralillo, fue hallada en una casa de la muerte con un disparo en la boca. Unos niños que paseaban su perro por el Río Bravo la encontraron con una maleta de viaje. Estaba desnuda, excepto por un zapato negro en el pie izquierdo. Sin joyas, pues le habían sido robadas. Por lo bronceado de las piernas se veía que acostumbraba tomar baños de sol en bikini. Sus pezones amoratados mostraban mordeduras y tortura. Alguien le había arrancado las uñas de pies y manos. Por una amiga, la policía supo que habiendo asistido a una fiesta con gente no identificada, un narcotraficante la emborrachó y drogó. Y durante días la mantuvo cautiva en su mansión, violándola y maltratándola, hasta que se volvió loca. El 11 de noviembre hacia las seis de la mañana su victimario la abandonó en el desierto, donde vagó desnuda delirando por varios días. Hasta que una tarde, unos pandilleros se la llevaron a una casa de la muerte para practicar tiro al blanco con su cuerpo. La policía asegura no tener pistas del crimen."

Impactado por el asesinato de Lluvia, quizá cuando se disponía a salir al aeropuerto, José se figuró al fantasma del sicario con cola de caballo vagando una eternidad por un laberinto de chapopote.

Quiso dormir, pero en vez de soñar vio criaturas de cuerpo ovalado, orejas cortas y sin alas avanzando por el cuero cabelludo del Señor de la Frontera. Eran piojos humanos. Y chinches salían de las paredes, los muebles y los colchones para hundir su estilete en la piel de Joel el ciego, tumbado en una calle con los ojos abiertos. La violencia que había comenzado en el corazón de los hombres se extendía por el mundo.

Un cloqueo que venía de la calle lo hizo soñar en que estaba rodeado de gallinas blancas. Transportadas en un camión de redilas, amontonadas, apretujadas, una tras otra fueron cayendo de las cajas-jaulas a las peladoras de aves y las mesas desangradoras. Y, despedazadas por la máquina empacadora, desfiguradas, envueltas en bolsas de plástico, aparecieron como muslos, pechugas y alas para su venta en supermercados.

—No seas gallina y entra en el gallinero —un mediodía de octubre su madre lo mandó a tentar las gallinas—. Coge los huevos que comes.

—Oh —José se dirigió al gallinero, pero cuando metía el dedo en la gallina de los huevos de oro, la alambrada se cimbró. Una voz dijo:

—José, el tesoro está debajo de tus pies, fíjate dónde pisas porque si no vas a embarrarte de mierda.

—El fantasma de una gallina me ha dicho dónde está el oro —José salió gritando del gallinero.

En ese momento un sobrino lo despertó con un palo en la mano.

—Abracadabra dónde está la cabra, la cabra vieja lame la talega —el pariente sin nombre, creyéndolo muerto, buscaba en los cuartos objetos de valor. Si bien las posesiones de José no llegaban a un par de pantalones, unas camisas, unos zapatos y un saco de pana, el Fulano, suponiéndolo avaro, golpeaba con el palo paredes y piso para ver si ocultaban tesoros.

—Qué pereza me da la gente, la deslealtad es común, la honestidad, rara —José, con ojos entrecerrados, lo siguió por la habitación, mientras el Fulano abría cajones, hojeaba papeles, revisaba facturas, recibos de teléfonos y sacudía libros para ver si caían billetes. Finalmente, para no volver a su pueblo con las manos vacías, el supuesto sobrino aventó en un carrito de supermercado una foto de la Montaña Humeante y partió.

El xolo, como acabado de salir de una tumba azteca, despertó a José.

—Tu presencia me recuerda que debo incluirte en mi obituario —le dijo. Y tirado junto a la cama, no en la cama, cogió papel y pluma para trabajar en la necrológica.

No lo mató una bala, sino el corazón del hombre.

En el periódico de León, José Navaja no mereció un obituario, sólo un epitafio, aunque después le publicaron en la sección de Sociales y Espectáculos un obituario preescrito por él mismo. Generoso para sí, en su historial omitió fracasos, soledades y despidos de empleos.

MURIÓ JOSÉ NAVAJA

El pasado jueves murió a los setenta y cinco de edad José Navaja Limón, miembro distinguido de la Sociedad Nacional de Autodidactas. En 1995 se retiró de la vida pública para consagrarse a la levitación en el Colegio de Santa Teresa. Sin reconocimiento de la SMEP (Secretaría de la Mala Educación), ideó dicha escuela sin lugar fijo, sin estudiantes, sin grados y sin reglas, en la que el único alumno sería él, enseñándose a sí mismo Kabbalah, Cosmos Maya, La Leyenda de los Soles, El Culto de Ra, *The Sun is God*, pintura de J.M.W Turner, *El castillo* de Franz Kafka, *Las flores del mal* y *Una guía de loros del mundo*. Trabajaba en un texto sobre la espiritualidad apocalíptica cuando entró en contacto con un chamán oaxaqueño experto en elevarse y suspenderse en el aire sin ayuda de objetos físicos. Este encuentro le inspiró un *Breve manual de levitación sin maestro*, en el que explicaba cómo "levitar" objetos con la mirada. En los últimos meses de vida, se dedicó a preparar su obituario en su casa de Coyoacán, acompañado por un perro xolo llamado Pek. Viudo de Alicia Gómez, no dejó descendientes. La causa aparente de muerte fue un disparo imaginario ocasionado por complicaciones de demencia.

José Navaja no fue velado en una funeraria del sur de la ciudad, sino yació varios días como un fardo semejante a aquellos que sus antepasados solían abandonar en una pirámide con un bagaje que consistía en ropa, comida, agua, piedras de jade y un xolo. Una vez muerto, se vio en un cuerpo etéreo atravesando los límites superficiales de la ciudad, hasta que una corriente de aguas torrenciales y porquerías demenciales lo arrastró hacia el drenaje profundo. Allí llegó a creer que no existía diferencia entre original y doble, entre adentro y afuera, entre atrás y adelante, sintiendo una fuerte melancolía al verse a sí mismo en ese estado.

—Quisiera poner más datos en mi obituario, mas no tengo tiempo para modificar lo preescrito, porque los actos de una vida, como los delitos de un criminal nunca procesado, prescriben al paso de los años —se dijo.

Los perros comenzaron a ladrar, alertándose uno a otro sobre presencias invisibles. Pensó él: "Si un perro ladra a un fantasma y cien perros repiten el ladrido, el fantasma se convierte en una realidad".

—Pek —profirió José, cuando el perro lo besó con lengua fría.

El xolo dijo nada, solamente lo cogió en sus fauces y casi volando sobre el suelo llevó su espíritu por las calles desiertas de la madrugada.

35. El Inframundo

Cuando una lluvia de cenizas cubría el Templo Mayor y grupos de vulcanólogos, geólogos, botánicos, zoólogos y funcionarios de Protección Civil salían del Zócalo hacia el Paso de Cortés para estudiar las erupciones del volcán, José Navaja comenzó su viaje por el Inframundo.

Por allá donde los arqueólogos hallaron a la Coyolxauhqui, la diosa de la Luna; más allá del Muro de Serpientes, que cercaba a la ciudad antigua; dentro del perímetro donde Tenochtitlan se hundió en la noche, José bajó por la escalera de piedra.

Parada en un peldaño, una mujer con chiches picudas y falda bordada como de india otomí le mostró el camino. Su pelo verde se camuflaba con las paredes verdes y la puerta abajo.

—Soy la deidad de las flores negras.

—¿Se pueden ver aquí las estrellas? —preguntó él.

—Las que tu imaginación pueda ver.

—¿Hay amaneceres?

—Noche.

—¿Hay amor?

—El que está dentro de ti.

—¿Veré a Alis del otro lado de la puerta?

—Del otro lado de la puerta estás tú.

—¿Voy a morir o a renacer?

—Pronto lo sabrás.

—Estoy cansado, ¿debo bajar? —José se detuvo al borde de una profunda escalinata blanca.

—Baja —dijo ella, y José comenzó el largo descenso como si su cuerpo y los peldaños fuesen de la misma materia ingrávida.

—*Nican mopohua*, aquí se cuenta —la india otomí apareció al fondo de la escalera—. De aquí en adelante todo será diferente, la mujer que te da placeres, la mujer que te alimenta con sus pechos, aquí está descarnada.

—¿Qué seré yo?

—Eso —ella señaló al saco vacío en el aire—. Sin cuerpo y sin cabeza te moverás al vaivén del viento.

José descendió por el Monstruo Terrestre como si lo hiciera por el interior del fósil de una escalera. Y hasta que salió de sus entrañas se dio cuenta de que éste tenía un espinazo prominente, mejillas adornadas con pequeños discos rojos y unos dientes tan largos que parecían no caberle en el hocico. Estaba tomando una siesta. Y el monstruo telúrico —hecho de una piedra roja, rugosa y cavernosa— resollaba como un fuelle.

Cuando pasaba a su lado, la criatura, que según el mito, en una cena en la que no estaban ausentes los corazones y la sangre de los sacrificados se tragaba al sol durante la noche para vomitarlo al alba —pues los rayos de luz lo indigestaban—, bostezó. Sus ojos semicirculares se movieron. Abrió las fauces descarnadas y mostró una lengua pétrea untada de sangre como cuchillo de sacrificio, la cual parecía estar sorbiendo incesantemente el chorro de sangre que manaba de su propio vientre. Pero no lo atacó, solamente dobló las rodillas y se puso en posición de parturienta.

A su alrededor, en la penumbra, había hileras de Cihuateteo, "las diosas", "las princesas celestes", los espíritus petrificados de las mujeres que habían muerto en el parto. Se creía que moraban en el Occidente, en la "Región de las Féminas", el Cihuatlampa, donde ellas escoltaban al sol desde su cenit hasta su lugar de descanso en el Poniente. Todas lo miraban con ojos circulares, ávidos, penetrantes y con las bocas descarnadas entreabiertas. Se parecían a las esculturas que habían sido encontradas en la Casa Boker, cerca de las esquinas de las calles 16 de Septiembre e Isabel la Católica. José se hallaba en el ombligo de México-Tenochtitlan, marcado el centro del vientre mítico por el cruce de dos viejas calzadas, la de Iztapalapa, que iba de norte-sur, y la de Tlacopan, que iba este-oeste, en el lugar donde, de acuerdo con los arqueólogos, los antiguos mexicanos habían erigido el Templo Mayor en el año 2-Casa.

—¿Quién eres?

—*Tlalli tecuhtli*, Tlaltecuhtli, el Señor Tierra, el gran paridor(a)-devorador(a) de sus hijos —su voz fue una exhalación. El aliento fétido que salía de su boca semidescarnada y sus encías sanguinolentas casi lo noqueó. Su cabellera encrespada rojo oscuro era una urdimbre de plantas y de plumas de pájaros entretejido con la hierba. Su piel daba la impresión de ser una mezcla de amarillos, verdes y rojos, los colores de las codornices sacrificadas. Por la flacidez de sus pechos se notaba que había amamantado generaciones de criaturas. Mas por las "caras de demonios" sobre los codos y las rodillas, agarrando calaveras, se notaba que también mordía. Así que al desplegar los brazos y las piernas hacia el exterior, desdobló las rodillas y los codos, y las patas y manos se convirtieron en cuatro garras abiertas. Y clamó: Quiero corazones humanos para comer.

—¿Dónde está el Inframundo?

—Todo es Inframundo.

Nueve, nueve noches pálidas yació José debajo del Señor Tierra, con sus ojos cerrados, sus orejeras de turquesa, su collar de cuentas de jade, su cinturón de conchas y su falda de estrellas adornada a los lados con huesos cruzados y cráneos de ojos redondos y dientes prominentes.

Nueve, nueve noches pálidas sintió José sobre su cara las piedras labradas y la tierra endurecida. Hasta que, junto a una puerta que se abría hacia abajo, vio a Pek esperándolo para guiarlo por el Inframundo.

El xolo flotaba en un agua que resbalaba por paredes de lodo. Una oquedad conectaba con el camino de la serpiente. Pero cuando lo vio venir, el perro salió a su encuentro y juntos se internaron en la pirámide del Sol hasta ciento diez metros. Sin temor del peso de la estructura, que pesaba millones de toneladas, siguieron el camino en zig-zag de la serpiente y por el canal del nacimiento fueron paridos en el río de la muerte.

Guiado por Pek, dejaron atrás tuberías de cobre, redes de distribución de agua potable, postes de luz, cables de teléfono, vías de la red del metro, cimientos de construcciones, fauna nociva, roperos con travesaños de los que colgaban abrigos viejos, perchas con pelucas y cadáveres de loros domésticos. Hasta que llegaron a una penumbra lavada con sustancias líquidas, donde los detergentes suaves como labios besaban las orillas del río. La sustancia utilizada en vidrios, pisos y ropa desechada mostraba sus propiedades limpiadoras. El oleaje arrastraba zapatos de mujer y de hombre, sombreros de palma, pantalones de mezclilla, gafas de sol, cepillos de dientes y ratas de los drenajes. Sobre un muro una pinta decía:

> *Los desodorantes Mictlán quitan los olores corporales hasta del pestilente Señor de los Muertos. Reducen las transpiraciones de las axilas y matan las bacterias que prosperan por la falta de higiene en la muerte personal.*
>
> *Incluyen fragancias que enmascaran los olores de la descomposición interna y los estados de putrefacción inexorables. En barras pueden colocarse en bocas desdentadas como dentaduras blandas. Antes de emprender su viaje por el Inframundo adquiera desodorantes Mictlán.*

Al borde de una alcantarilla por la que se precipitaban aguas negras, José sintió que lo miraba una enorme cucaracha *Blattella germanica*. Ésta, como un fósil viviente o un extraterrestre, lo confrontaba. Por las antenas sensoriales, el tamaño inverosímil de su cuerpo aplanado, y por su cara como una máscara pintada por un artista cora, José infirió que tenía delante a la reina de las cucarachas, a la descendiente de la familia de las Blatidae, y trescientos millones de años lo estaban contemplando.

Las manchas aceitosas, el aparato bucal masticador, los dos pares de alas coriáceas, las patas delgadas y espinosas y los colores del cuerpo, que iban del marrón al negro con reflejos blancuzcos, azulinos y café sucio, al principio lo fascinaron. Hasta que de una caldera gigantesca emergieron miles de cucarachas, adultos y ninfas de *Periplaneta americana*, las que, con un apetito feroz y un catálogo de enfermedades a la carta, se le subieron por los pies hasta alcanzarle torso y cabeza.

Lo salvó una luz que atravesaba el techo de una roca y su fotofobia, ya que las cucarachas corrieron rápidamente a esconderse en el sitio más oscuro, húmedo y caliente que encontraron. Por fortuna, la vista de un árbol que daba vueltas en el agua apartó de José la presencia repulsiva de los blátidos. En un extremo un chamán danzante se transformaba en jaguar y de jaguar en danzante. En el otro extremo, un mono con cara de mujer o una mujer con cara de mono, *animal del baile*, mantenía el equilibrio. Sobre una canoa batía las alas rojas una guacamaya. Con la cabeza y el pecho de un rojo deslumbrante, con su cola puntiaguda más larga que el cuerpo, parecía el ave del Sol. Pero, ¿cómo había llegado al Inframundo esa ave solitaria? Era un enigma digno de Zenón.

Contracorriente pasaban sillas, pantaletas, radios, celulares, un cocodrilo con sus crías muertas, calcetines amarillos, utensilios de cocina, una garza blanca, patos embarrados de petróleo, una cabeza de puerco empaquetada para supermercado. A la vera del río, un manglar rojo, xtapche, como una araña de múltiples patas se afianzaba en el fango.

—Guau —chilló Pek atorado en un Volkswagen rojo.

—Paciencia —José trató de sacarlo por la ventana, mientras una rata giraba en el volante como en un castigo mitológico.

Por un islote venían hombres y mujeres en procesión. Sus cuerpos arcillosos no proyectaban sombra. Debajo del maquillaje tenían la cara rajada. Un hombre tocaba una flauta sin sonido. Una muchacha que se miraba en un espejo de mano invitó a José a seguirla. Pero él siguió de largo.

Por la calzada de los falos de piedra venían las alegradoras del México antiguo y las mujeres públicas de hoy. Penes erguidos o tumbados, anchos o delgados, hendidos o redondos, erectos o cubiertos por un capuchón, adornaban los caminos del Inframundo. Algunos, tumescentes o musgosos, parecían cactos verdes regados por las lluvias de Uxmal.

Esculturas representaban a parejas copulando, a viejos metiéndole mano a doncellas apretadas, a bailarinas de chiches morenas y pezones aureolados con el huipil alzado mostrando su vagina dentada. Entretanto, un coyote viejo, dios de la danza, aullaba; tres conejos cantores, dioses del pulque, berreaban, y un tlacuache, con la piel rayada como de presidiario, metía el hocico en el vientre de una alegradora.

—El pene, doble del hombre —profirió José, consciente de que su miembro ya no se excitaba con las alegradoras.

K'u-k'u-k'u, tarareó una mujer acariciando los huevos de un hombre como si fuesen los de un pájaro en su nido o como extrayendo aceite de aguacates, testículos en náhuatl.

—Aleluya —las chupadoras de las malas vibras, como las que hacían limpias en las cuevas del Mono Blanco, succionaban las coyunturas de un cliente mientras dos jóvenes zapotecas con chiches picudas como calaveras mordientes hablaban entre sí.

Borrachas, muy borrachas; putas, muy putas, como braseros vivos las alegradoras buscaban cobijo para tenderse con un macho. Una adolescente era contratada por un viejo miope; una chica de Durango, para llegar al máximo deleite, metía la mano del cliente en una bolsa de alacranes en vez del vientre. Una octogenaria que cuando adolescente se vendía en La Merced, ahora con los pechos colgando, los dientes falsos y los ojos legañosos, relleno el pecho con trapos, trataba de seducir a un cura montado en un asno con el falo en ristre.

—¿Vienes? ¿Vienes? —soplaban las alegradoras del Inframundo.

—Voy, voy —un esqueleto con los ojos sueltos en las cuencas se despegaba de una pared y se pegaba al vientre de una chica con su pene largo como si quisiera atravesarla de lado a lado.

—Vete, vete —ella lo aventó a la pared.

—Vengo, vengo —él se movía de derecha a izquierda como si la fornicara. Hasta que, pegado a un tronco, como sacudido por un orgasmo *post mortem*, quedó exánime.

—¿Qué hace Mictlantecuhtli entre las chicas ataviadas con plumas de aves? ¿Qué pretende ese esqueleto destartalado al mover los pies al ritmo de tambores y trompetas? —preguntó José.

—Busco a La Cumbia.

—Soy yo —la veterana de los antros de la kilométrica frontera norte se le presentó con minifalda de plástico, pantaloncillos deslavados y un huipil que no alcanzaba a taparle el ombligo.

—¿Por qué tan desmejorada?

—El Sicario Rabioso me rajó la cabeza.

—Cuidado, amiga, que conmigo no estás más segura, un paso en falso lo pagas con la muerte —Mictlantecuhtli la cogió del brazo para bailar.

—No tengo tratos con difuntos —La Cumbia se zafó.

—¿Bailas en trance?

—Comí hongos divinos para perder el sentido —La Cumbia se alejó de él envuelta en un manto de lentejuelas rojas, triste reminiscencia de un tiempo pasado en coitos que fueron un *pas de deux* de la muerte.

—Adelante, amiga, yo seré tu rufián —Mictlantecuhtli empezó a quitarse tirantes, pantalones, camisa, zapatos y dedos. Hasta que, invisible, abrazando a una antorcha se abrasó a sí mismo.

Entre las alegradoras venía una buchona con el cuerpo desnudo hasta la cintura, con el rostro pintado de azul. Mascaba tzicli haciendo sonar sus dentelladas.

—¿Qué haces aquí? —preguntó él.

—El Señor de la Frontera me dio un balazo en la boca —ella se volvió hacia José enderezando la mandíbula torcida.

—Lluvia.

—Aquí soy la Señorita Coralillo.

—¿Hay amor aquí?

—El que tú quieras, ¿vienes?

—Otro día, en otro mundo.

—Después del Inframundo no hay mundo.

—¿Sigues quemando copal en las camas del lupanar?

—Señor, alguien me llama, adiós.

—No contestaste a mi pregunta, ¿hay amor?

—No sé si haya, lo único que sé es cómo empieza y cómo acaba toda excitación —ella le mostró su vientre como una bolsa sin apertura. Sus chiches, dos calaveras.

—Te pregunté si...

—Tons qué, hijo de puta —ella se tornó agresiva, batió las alas metálicas, castañeteó los dientes, giró el ombligo, intentó clavarle las uñas en el corazón. Una luna virtual apareció en el espacio. Ruidos extraños se escucharon en lugares vacíos. José vio su casa como una tumba antigua, una serpiente de luz debajo de su puerta era un cuchillo helado. Se miró abrir un buzón en busca de cartas nunca enviadas. Igual que si se las llevara un aire lento, las mujeres se quedaron atrás. Lluvia entre ellas.

Las mujeres comenzaron a bailar la danza del culebreo. Jóvenes desvanecidos bailaron con jóvenes marchitas contra las manecillas de un reloj, como si quisieran hacer retroceder el tiempo. Monos fosforescentes danzaron en torno de una mujer de ojos fulgurantes. José creyó que era Alis. Pero no era ella. Una orquesta camuflada con la oscuridad marcó el ritmo del baile, el cual, como el tiempo, era un viaje sin fin.

36. Los pasos

Por los cerros y los caminos se oían los maullidos y los aullidos de gatos y perros, el rugido de los jaguares y el croar de las ranas, el graznido del cuervo y el silbo del viento y de la serpiente, el gruñido del cerdo y el cloqueo de la gallina, las voces de los niños y los trinos de los pájaros que imitaban los sacerdotes del sacrificio humano para espantar a la gente perdida en el Inframundo. La confusión aumentaba porque dejaban en el suelo huellas y pisadas y excremento de animales. Luego se escuchaba un profundo silencio y una especie de inercia invadía los sentidos.

Por el día sin horas José y Pek iban caminando por un bosque de árboles talados. Lo que antes había sido un santuario ahora era un cementerio de tocones que apestaba a pesticidas, drenajes y petróleo. Como en la historia de La Malinche, la volcana de tetas frías y piernas templadas, que según la historia al orinar dio a luz al río Atoyac, allá abajo corría un río amarillo de aceites y orines. Pero a su izquierda José divisó dos grandes montañas en forma de senos negros, y eso le alegró la vista.

Se hallaban entre las sierras Madre Occidental y Madre Oriental, allá donde se concentran las cincomiles, las cumbres que superan los cinco mil metros de altura sobre el nivel de la oscuridad. De peñasco a peñasco pasaban los relámpagos verdes de los loros, como diría el poeta, y como un pintor futurista hubiese podido plasmar, una figura corría de pico a pico con brazos invisibles como ruedas en movimiento. Allá arriba, José percibió cosas maravillosas, rayistas trabajando y relampaguistas atravesando el espacio como si fuesen espíritus o tlaloques.

Amo y perro se encontraban en el paso de las montañas que se juntan. Vientos de cien kilómetros por hora aullaban en las cañadas interiores y se estrellaban en las cimas secundarias. La blancura del cielo electrificado parecía vibrar. Se oían resuellos y retumbos, temblores y troncos tajados. Las rocas chocaban una con otra, las laderas se resquebrajaban, el estruendo era semejante al tamborileo de mil cines que se vienen abajo, al estallido de botellas que se rompen en el interior de un antro en el complejo de espectáculos más grande del mundo, el Inframundo.

Parados sobre líneas férreas donde habían corrido trenes, José y Pek presenciaron explosiones sucesivas, vieron que los senos negros eruptaron y que de sus pezones heridos salieron hilos de sangre. Cada explosión era seguida por deslaves y derrumbe de conos. El paisaje cambiaba de fisonomía. Al enderezarse, las montañas dejaban árboles tumbados, animales asfixiados y una especie de salpicón embarrado en las piedras.

El silencio se hacía en las cañadas, cuando en la punta de un encino José percibió el gorjeo más bello que había oído hasta entonces. Sin poder decidir si un pájaro cantaba en el presente o cantaba en su memoria, sintió sus notas atravesar el aire. Con gran complejidad vocal formaba luces variadas imitando la voz de otras aves. Era el ave de las cuatrocientas voces, la cifra de miríadas de especies actuales y extintas, era el *Mimus polyglottos*, el cenzontle, suspendido de una rama invisible.

Como en su infancia, en el jardín de su madre Josefina, José oyó su visión. Y siguió viéndola hasta que un remolino se la llevó. Cosa que le partió el alma. Pero lo que había visto, y oído, era como la cifra de su pasado y presente manifestada en unos instantes, de un canto fuera del tiempo que sólo pervivía en su memoria.

Era un alba que no era alba, pero parecía alba. Era un viento que no era viento, pero parecía viento. Envuelto y desenvuelto, envolvía todo.

José creyó ver en el aire perfilarse un cuerpo semejante a la escultura de Ehécatl Quetzalcóatl hallada en la Calle de Escalerillas. Alzaba los brazos como si quisiera sujetarse con las manos la cabeza aplanada. Ráfagas de polvo sacudían su faldilla como si quisieran arrebatársela. Llevaba sandalias, sobre las que apoyaba los pies con firmeza, un ornamento nasal en forma de mariposa de oro, y una máscara bucal en la parte inferior del rostro, a través de la cual soplaba viento.

José oía en sus adentros al transportador de los sonidos y los silencios, al dios que hacía vibrar y ondear sus vestiduras como banderas, mientras el aire arrastraba con fuerza cenizas, piedras, plumas, gallinas degolladas, desbaratando los laberintos que las arañas habían urdido en el espacio.

José y Pek iban por el lugar donde los vientos arrojan navajas de obsidiana. Un dios remolino, una deidad enloquecida, una criatura ciega sin manos y sin pies, formada con espolones de gallo de pelea, de piedras, basura y polvo, lanzaba sin cesar cuchillos-serpiente, cuchillos con rostro de demonio, cuchillos de sacrificio embellecidos por artistas aztecas de la muerte, cuchillos con bandas en los ojos, cuchillos dentados con la boca descarnada, cuchillos con bandas circundando un ojo saltón negro, cuchillos coloreados que miraban de perfil perversamente, cuchillos que representaban la efigie de un dios depredador, cuchillos de doble filo, cuchillos de cocina, cuchillos de carnicero, cuchillos de hematites, de concha, de turquesa, de obsidiana, pedernales afilados, piedras que al volar sacaban chispas, uñas sin dedos, espíritus semitransparentes. Bajo la luz violeta, como en un hospital o en una morgue, aparecían y desaparecían órganos perforados, brazos cortados, cráneos resquebrajados, cuerpos decapitados y codornices desgarradas. ¿En dónde se encontraban José? En casa del Carajo. Porque el xolo estaba atrapado en una piedra de cuarzo reposando como un feto en un vientre de cristal.

—Abre más el hocico, no sale ladrido —le dijo José a Pek al verlo con el rostro lechoso y el cuerpo envuelto en un ropaje blanco. En ese espacio sin más energía que la mineral sus ojos emitían luz—. Dime qué sientes.

—Nada —dijo Pek, con el hocico comprimido por el cristal —el cuarzo vibró bajo los estímulos eléctricos de los vientos del Inframundo.

—Adelante y atrás llueven navajas como si la muerte no viniese de afuera, sino de adentro, y nosotros estuviésemos en un campo de tiro en el que sicarios enloquecidos accionaran ballestas para abatirnos.

Ik, ik, ik, rugía el viento pico de pato barriendo las cabezas arrancadas de sus troncos igual que si un monstruo de muchas manos arrojara saetas a los difuntos que atravesaban el paso.

Como un autómata de cara doble y alas de doble filo el monstruo lanzaba cuchillos a los viajeros del Mictlán, hasta que el cuarzo en el que estaba encerrado Pek bajo los estímulos eléctricos de los vientos del Inframundo se abrió, y el xolo quedó libre. Y, más ligero que nunca, se echó a correr por las praderas de un crepúsculo de la mañana o de la tarde. Daba igual.

El paso que la serpiente vigilaba era tan largo que se confundía con el reptil mismo. La señora de las mandíbulas esqueléticas, la portadora de los ancestros deificados, se asoleaba bajo un disco que no era el sol. Casi oculta bajo sus rayos negros de su ovillo emplumado salían colmillos rojos. Y mientras José admiraba su piel con círculos amarillos y diamantes negros, su cresta de plumas verdes y sus cabezas enfrentadas peleándose entre sí, reptando se metió debajo de una roca.

Regresó de improviso. Lo miró con fijeza. Sus ojos se encontraron. Se midieron. Él entró en su naturaleza, sintió lo que ella sentía, cómo veía y cómo sin alas y sin pies recorría el aire y el suelo. Después de mirar un rato por sus ojos sintió sus ojos como ajenos. Por un momento delirante, depredadora y depredado fueron la misma persona, el mismo nadie. El brazo delgado, helado de José culebreó, y tal un rayo vivo fulminó a un ratón. Él percibió el espanto del roedor entre sus fauces, lo oyó chillar, debatirse en su lengua móvil, patalear bajo las agujas hipodérmicas de sus colmillos; gimió brevemente como el roedor.

Tam-tam-tam cayó en una oscuridad de paredes blandas. *Tam-tam-tam* pasó por un corredor de pájaros ensartados. *Tam-tam-tam* se asoleó sobre piedras frías envuelto en plumajes apagados. *Tam-tam-tam* fue visto por ojos con pupilas circulares y elípticas, las primeras para ver de día y las segundas para la visión nocturna. A través de músculos oculorrotatorios vislumbró a la Coatlicue, la madre de los dioses, la que fue lanzada desde el cielo como un relámpago por el dios de la lluvia y era el vehículo del renacimiento; la que violada y mutilada, iba por los caminos del Inframundo pidiendo justicia.

—La Serpiente de Lumbre está relacionada con el pene, la sexualidad y la generación. Y con la castración —José se cubrió los genitales al recordar que la víbora tenía fama de tragarse el alma de los difuntos por el pene. Pero no debía tener miedo, era tan vieja que tenía los párpados inmóviles y las lentillas caídas, y, sorda al aire, registraba con lentitud las pisadas de Pek, y su calor irradiado como un fuego frío.

La serpiente entonces avizoró a una figura masculina vestida de águila. Dentro del pico curvado, como en un yelmo, asomaba la cara, con nariz aquilina y boca y ojos ovales. De sus brazos extendidos emergían las alas y debajo de las rodillas mostraba garras afiladas. Era un Caballero Águila, como aquellos que peleaban en la guerra florida para proveer al sol de sangre y corazones humanos. Volaba a baja altura como un esqueleto descarnado que se dirigía a un ritual sanguinario. Temerosa de ser atrapada, la serpiente se ocultó en la oscuridad. Y allí se quedó hasta que las paredes negras de la montaña de obsidiana reflejaron como un espejo mágico el sol que se ponía.

Un cacto estaba en el camino. No sólo como un rayo de luz verde, sino como una sucesión de dedos verdes parados en el desierto. En los órganos cilíndricos se oía la canción del viento, de un viento apenas audible, igual que si el tiempo se moviera casi inadvertido. José y Pek andaban por los riscos cuando divisaron un jardín vertical. Más bien lo que había sido un paisaje de tallos gruesos y carnosos y de brazos globosos y aplanados. La vista de los cactos enfermos deprimió a José, gran amante de las cactáceas. Por aquí y por allá surgieron cactos con quemaduras, ennegrecidos, amarillentos, blancos, invadidos por arañas rojas y todo tipo de insectos; cactos heridos por armas blancas, cactos podridos, achicharrados, blandos, cubiertos de moho; cactos con capullos que no se abren, cactos sin floración y sin raíces, manchados, muertos.

José y Pek se hallaban en el paso de los ocho desiertos: el desierto seco, el desierto de los saguaros, el desierto de las dunas coralinas, el desierto de las rocas de cuarzo y de los cactos que parecen figuras humanas, el desierto de los ríos efímeros, el desierto urbano, el desierto del pensamiento y el desierto del amor, los cuales existen en nosotros.

—Escoge el tuyo —dijo José—. Aquí nada es lo que parece, las distancias son ilusorias, un halcón es una alucinación, un amanecer es un paraíso en ruinas, no creas lo que tus ojos ven: todo es un sueño.

Una flor blanca proyectaba una sombra tenue. Un tecolote de ojos amarillos se asomaba por el agujero de un saguaro. El ave anidaba en el cacto, había envejecido en él y moriría con él.

"Mudo espío, mientras alguien voraz a mí me observa", recordó José el verso de un poeta cuando notó que un chacmool lo estaba espiando.

El chacmool, con el cuerpo apoyado sobre los codos, pretendía no verlo, pero lo estaba viendo. Aparentaba estar inmóvil, pero lo estaba siguiendo. Y cuando se dio cuenta de que fue descubierto, puso la cabeza debajo del vientre y los pies en el aire para examinarlo desde abajo. En las manos sostenía un *cuauhxicalli*, "vaso del águila", y al moverse trataba de que los corazones de los sacrificados no se le cayeran al suelo. Y no les quitó los ojos de encima hasta que, cansado de seguirlos, se fue quedando atrás como si poco a poco se desvaneciera en el pasado.

En su lugar quedó la Calzada de los Muertos, la cual, como si estuviera cubierta de ceniza, conducía a la pirámide de la Luna, llamada también la Pirámide de la Muerte, pues en tiempos prehispánicos en varias de sus etapas de construcción había estado dedicada a los sacrificios rituales de hombres, lobos y jaguares a los cuales sus sacerdotes decapitaban.

Pek remontó el vuelo. Desde las alturas, con la óptica de un águila real, como dotado de dos puntos focales —uno para ver a los lados, y otro para mirar hacia abajo—, con vista aguda observó cráneos quebrados, ríos efímeros, cactos con los brazos alzados hacia el cielo negro, ofrendas de piedra colocadas en el paisaje como oraciones, quetzales desaparecidos, sapos de espuela enterrados en la arena, salamandras tigre, ajolotes de los charcos, víboras ciegas, tarántulas halcón, oropéndolas de alas negras, cuerpos de sacrificados adornados con collares y orejeras, y ornamentados los ojos y la boca con cuentas. Y, en medio del profundo silencio que miraba, escuchó la voz de los muertos, la voz de generaciones y generaciones de muertos.

En ese momento, un zumbido semejante al rugir del público en un estadio de futbol cruzó el espacio. Como atrapados en una botella, millones de insectos subían y bajaban por una inmensa cárcel de vidrio buscando una boca estrecha para salir. Sin cuidarse de la lluvia estruendosa de patas y alas que en el espacio se fragmentaba y se deshacía desplazándose rápidamente, y tratando de llegar a una cueva para refugiarse, José llegó a creer que el ruido sucedía en su cabeza, que los silbidos agudos eran una alucinación auditiva.

Pek lo llevaba por el lugar del ruido. La nube vellosa que rugía y ululaba torcía las ramas de las plantas negras y los árboles viejos como en una noche tormentosa de *Los tigres de Mompracem*, obra de Emilio Salgari que José había leído de niño. El enjambre, que se azotaba de una gran altura, ya cerca del suelo se tornaba negro, disolviéndose en miríadas de cuerpecillos verdosos que causaban un gran aturdimiento.

La plaga de alas vidriadas que afincaba sus patas en la carne que se descomponía en las zanjas y que ponía sus huevos en las llagas abiertas, atravesando cañones colmados de mugre y de basura, zumbadora y zumbequeando, parecía alzarse de las letrinas invisibles de una megalópolis hedionda, y como un remolino de alas metálicas revolcarse en el aire para caer de nuevo en las letrinas.

La presencia de esos insectos vellosos suponía la muerte de abejas y la proximidad de productos perecederos. Mas ¿qué clase de criaturas eran esas con cabeza velluda, tórax cobrizo, patas y antenas negras, alas con reflejos azulinos, que producían un trompeteo como de soldados romanos anunciando la entrada de un César de la carroña? Moscardones. Un carajal que atacaba los orificios de Pek como si fuese una vaca.

José vio el mar alado caer sobre sus ojos, picotearle la espalda y la cabeza. Como un caballo que espanta con su cola el enjambre que lo atormenta, intentó sacudírselo, pero los insectos no sólo le clavaron el estilete en los oídos y la boca sino lo embistieron para prosperar en su materia orgánica. Resignado a ser picado, José les estaba encontrando parecido con los moscardones en dos pies que frecuentan los antros de las ciudades en busca de moscardonas de buen cuerpo, cuando regresaron más ensordecedores que nunca y se abalanzaron sobre Pek. Mas el perro se echó a correr con José en el hocico tan velozmente que ni su sombra pudo darle alcance. Y la plaga se quedó atrás, revoloteando en el lugar del ruido.

VIAJERO, HAS LLEGADO A LA REGIÓN DE LOS HOMBRES-MONSTRUO, ¿ERES TÚ UNO DE ELLOS?

Les preguntaba un letrero al borde de la carretera a los transeúntes del Inframundo. Las imágenes de los hombres-monstruo, como fantasmagorías proyectadas en el espacio, seguían con los ojos los movimientos de sus posibles víctimas. Éstos no eran Drácula, Frankenstein, el Hombre Lobo, la Momia ni Jack el Destripador, sino El Amarillo, El Coyote, El Teo, El Pozolero, El Narcosatánico, La Sombra y otros capos egresados *cum laude* de la Academia Mexicana de la Corrupción.

ÚLTIMA NOVEDAD, GRAN ESPECTÁCULO LA CÁMARA NEGRA O LA FANTASÍA INFERNAL

El monstruo. En la pantalla virtual de la mente de José apareció el Señor de la Frontera como la figura de un juego de niños donde el jugador puede cambiar incesantemente su cabeza, sus vestimentas y sus extremidades inferiores, hasta conseguir hacerlo grotesco o parecido al original: un asesino serial fotografiado con cadenas en los pies y esposas en las manos por haber perpetrado una matanza de migrantes en compañía de sus secuaces. Pero cuando el jugador creía haberlo captado, el portento se descompone ante sus ojos y como en un truco de magia espectral aparece diferente. Así una y otra vez, hasta que el mismo prestidigitador es escamoteado por una maniobra del monstruo.

Cuando José y Pek se toparon pasos adelante con un cráneo con la nariz atravesada por un balazo y varios cuerpos acribillados por la espalda, comprendieron que no se trataba de una maravilla de la magia moderna, sino de una historia de horror: los migrantes que iban en el autobús 3550 de la corrida de las 8:15 de la línea Ómnibus de México habían sido asesinados. El vehículo, después de pasar un falso retén militar en las inmediaciones de Las Norias, había sido emboscado por una pandilla de sicarios a bordo de siete camionetas grises. Los pasajeros secuestrados habían sido torturados por El Coyote, ejecutados por El Amarillo y asfixiados por La Sombra, cuyas identidades eran intercambiables porque sólo se les conocía por retratos hablados.

En el autobús José vio al chofer recargado sobre el volante, con un balazo en la espalda. En su mochila alguien había puesto una botella de tequila para dar la impresión de que estaba borracho. Las pasajeras hembras habían sido violadas y luego asesinadas, su ropa íntima estaba en los asientos y el piso. Los hombres, torturados y baleados, aparecieron en zanjas y arroyos. Los que se resistieron habían sido quemados vivos, estrangulados o recibido un tiro de gracia. El motivo de la masacre era un misterio. Ninguna autoridad judicial lo había investigado.

Las maletas de los viajeros estaban en el autobús esperando ser reclamadas. Sobre las puertas y las paredes de la Central de Autobuses del pueblo de San Fernando, algunas personas habían colocado retratos de los parientes desaparecidos, pues el gerente se había vuelto ojo de hormiga. Los padres y los hermanos al pendiente de las indagaciones habían evitado ir al Semefo para identificar los cuerpos trasladados en un camión refrigerado. A las puertas del autobús la silueta de Pek apareció como recortada por la navaja de un artista de lo macabro.

—No vayas a pisar los vidrios, mejor bájate de allí —le dijo José, mientras en la carretera alguien colgaba un letrero dirigido a los viajeros:

BIENVENIDO A SANFANGO
UTILICE EL CINTURÓN DE SEGURIDAD

—Soy El Donas, venía en el autobús —un hombre de boca grande y ojos pequeños se presentó a José—. ¿No me recuerda? Fui restaurantero en Juárez, mis cocineros me secuestraron.

José lo miró sin decir nada.

—El Amarillo y sus secuaces me trajeron al corral de los secuestrados. Aquí nos tienen hasta que los parientes pagan el rescate. Porque los que no pagan son asesinados. En el corral también hay nonos: los no vivos no muertos —mientras El Donas gesticulaba, los secuestrados, con las manos y los pies atados, miraban a Pek como si nunca en su vida hubiesen visto a un xolo—. A nuestras casas las llaman "reventadas", porque tienen las paredes, las puertas y las ventanas quebradas. Ni vecino ni autoridad se atreve a visitarlas.

—¿Quién es ese? —José notó que desde una colina un hombre vestido con atuendos obsoletos observaba el corralón.

—Es El Páinal, El Presuroso, desde hace días mira hacia acá.

—¿Trabaja para El Amarillo?

—No, al contrario, es su enemigo.

En eso cuatro sicarios descendieron de un camión de redilas. Venían por los secuestrados, a los que pusieron un dedo negro sobre la frente. Los subieron al camión y partieron.

Regresaron de noche. Se limpiaron las manos sangrientas con tierra. Y llegaron otros sicarios en más camiones de redilas con costales de leña seca para quemar los cadáveres. El Páinal dio la señal.

Huitzilopochtli salió de una cueva armado con la Xiuhcoatl, la Serpiente de Fuego, como el día en que lo parió la Coatlicue para matar a sus cuatrocientos hermanos los Centzon Huitznahua, y a su hermana la Coyolxauhqui. Estaba furioso. Hacía tremolar sus mallas azules, su cara rayada hasta los ojos, su cabeza adornada con un gorro de plumas de cuervo mientras docenas de colibríes garganta de fuego zumbaban en torno de su cabeza. Su pintura facial era llamada "Noche". Gritó: "¡Las fechorías de estos desalmados me sacan de quicio. Durante el día no descanso, durante la noche no duermo. Los destruiré a todos, frenaré sus maldades, volveré a mi sueño!".

Los guerreros de Huitzilopochtli, que habían aguardado escondidos en los campos, atacaron con ballestas a capos y sicarios. Las flechas, tan afiladas que parecían transparentes, fueron conducidas mágicamente por los ojos del dios hasta el corazón de los enemigos. Las puntas de sílex negro, envenenadas con ponzoña de víbora de cascabel y de araña capulina por sus elementos paralizantes, dejaban a los maleantes tendidos en el fango. Alcanzados en un fémur, el cráneo o el muslo, en el espacio intercostal o en las vértebras dorsales, los matones amenazaban con pistolas, pero caían al suelo mascullando injurias. El Páinal, el sustituto, el doble de Huitzilopochtli, con quien compartía sus atributos, proporcionaba al dios arcos y saetas, dándose tiempo él mismo para flechar a los capos.

José, agazapado con Pek para que los flechadores no los descubrieran, veían a los sicarios cargados de oro y droga tratando de escapar de los flechazos, pero después de dar largos rodeos volvían al mismo sitio. Hasta que cayó la noche y, vacías las ballestas, el dios zurdo regresó a la cueva.

Cuando amaneció, el fuego en que se abrasaron los flechados era un hoyo de ascuas. José abrió la puerta del corralón para liberar a los secuestrados que en el lodo yacían con los ojos vendados, cuando pasaron rumbo a una cueva los Caballeros Águilas, cantando:

Huitzilopochtli, el viejo guerrero,
desde las cimas de la muerte
arroja al sol collares de corazones.
Ea, ea, ho, ho.

El cuerpo del gigante brillaba bajo el sol. Arrojado a un arroyo por una tormenta de granizo, descansaba entre guijarros. Colmillos de jaguar cortaban su sonrisa. Sus discos de jade miraban al cielo. José y Pek se encontraban en el paso del agua, no lejos de los altares de Tláloc, con sus ofrendas de niños ahogados. En el laberinto sin puertas de ese desierto, los sacerdotes sanguinarios, creyendo que sacrificaban infantes al dios de la lluvia, en realidad los ofrecían a sus alter egos asesinos.

Al pie de un monte, xolo y amo fueron despertados por un rayo. Más bien por una sucesión de rayos. Y aunque el cielo estaba limpio, las descargas eléctricas y las ráfagas de viento eran continuas, como si ejércitos invisibles estuviesen librando una batalla mitológica.

José se dio cuenta que criaturas de ojos acuosos y ropas verdes, con escarcha en los labios y las manos chorreando líquido, lo estaban examinando. Eran los tlaloques, los espíritus de las montañas y de los fenómenos climatológicos que habitaban los montes nublados y acompañaban a Tláloc por el Inframundo.

—¿Qué miran? —preguntó.

—Todas las caras tienen un secreto, queremos saber cuál es el tuyo —dijo un tlaloque de color azulino.

—No vine hasta acá para ser inspeccionado.

—Calla, el aire se ha aquietado y la luz trepa por tus mejillas —otro tlaloque le puso sus dedos de agua sobre los labios.

—¿Podré mirarme en los charcos de la lluvia?

—No va a ser posible —el tlaloque señaló a los árboles que se retorcían como presas de un incendio virtual—. Mira a tu perro: quiere alcanzar el río de la muerte, que no tiene orillas.

Empezó a llover como si los cerros se vinieran abajo. Llovía de arriba abajo, por dentro y por fuera de las cosas. La serpiente negra que antes colgaba del cielo se deshacía en lluvia. Un rayo partió en dos un peñasco. Una blancura deslumbrante abrasó los ojos. El perro se echó a correr.

—Pek, espera, ¿estás bien?

—Siento mi pellejo como atravesado por mil vidrios —el xolo regresó. Pero se echó a correr de nuevo asustado por un trueno.

El cielo se despejó. En la distancia un ojo negro se fue haciendo verde. A la orilla del lago, José se topó con una ofrenda con caracoles, conchas y cráneos de niño. Hacia ellos avanzó la figura gigantesca del arroyo. Rodeado de nubes y vapores crecía de tamaño, se estiraba y se encogía como un remolino vivo.

—Tláloc, el dios de los relámpagos y de los truenos, ha salido de su cueva —José identificó al dios de la lluvia por sus anteojeras y sus colmillos, por su rostro teñido de negro y su chalequillo de tela de rocío. En una mano traía un escudo con un nenúfar; en la otra, un bastón de junco.

Se detuvo a la orilla. José vio en su cara un cambio de colores —azules, amarillos, rojos y verdes— semejantes a los momentos del día. Su presencia allí no era casual, había venido por unos ahogados. Un coche había caído al río y pasajeros con cara de pescado yacían sobre las piedras.

Una mujer estaba tendida sobre las hierbas, desnuda y con los brazos cruzados. Una niña con los ojos abiertos miraba al dios de la lluvia como a través de las aguas quebradas de un estanque. A un hombre, con la cabeza sobre una almohada de hierbas, el sol del poniente le daba en la cara.

—¿Qué estará haciendo el señor del Tlalocan en el Inframundo? —se preguntaba José cuando vio venir por el arroyo a unos sacerdotes cargando en una litera a un niño de teta. El bebé tenía un remolino doble en la cabeza, señal de que había nacido en buen signo. La cara untada de aceite, aderezado con piedras preciosas, plumas ricas y alas de papel, iba en andas al son de caracoles y flautas. Toda la noche le habían cantado para que no durmiera, porque si rumbo al cerro sagrado donde lo sacrificarían lloraba gruesas lágrimas, y si no se atravesaba un hidrópico de mal agüero en el camino, era señal de que iba a haber tormenta sobre México.

Entre paredes de carrocería y llantas viejas, José y Pek llegaron al lugar donde se come el corazón de la gente. Lo primero que vieron fue a un hombre con gorro blanco alimentando un fuego con gasolina. Con guantes de látex y máscara antigás, vaciaba en un cazo de cobre costales de sosa cáustica, cebollas negras, una pierna de res y corazones humanos.

Bla-bla-blá —con la cabeza rapada y la panza descubierta iban los corruptos echándose rollos unos a otros, engañándose, atormentándose con palabras, magnificando su insignificancia. *Bla-bla-blá* —hambrientos de riquezas cargaban su panza como a una bolsa de oro, cuidándola con delicadeza como a su persona, hasta que reñían a cuchilladas y periodicazos por un pedazo de oro. *Bla-bla-blá* —sedientos y hambrientos, en vez de agua y alimento se llevaban monedas a la boca, y acompañados por secretarias, guardaespaldas y asistentes se sentían amenazados por secuestradores, policías, socios y parientes, y hasta de su sombra. *Bla-bla-blá* —los depredadores que cuando hacían negocios causaban millones de pobres recorrían la ciudad del submundo en camionetas blindadas y vidrios ahumados. *Bla-bla-blá* —entre sudores fríos entraban a una enorme caja fuerte, en realidad un rastro, donde eran destazados. Pero como la bóveda bancaria no podía contenerlos a todos, entre muros de acero esperaban su turno para ser desollados.

Xipe Totec, Nuestro Señor el Desollado y dios de los orfebres, en cuyo altar se inmolaba a los grandes ladrones, encerrado en una armadura de piel seca miraba a los corruptos del otro lado de un muro por un espejo falso. No lograba cerrar los ojos ni la boca por los cuatro párpados y los cuatro labios que tenía. "Xipe, Xipe, guapo, guapo", lo adulaban los xipemime, sus personificadores, vestidos también con una piel humana, pero llevando además un rostro de mujer cosido con hilos de alambre.

El Hermoso Baboso llevaba la cara del sacrificado cosida de la frente a la mandíbula y el cabello pelado a navaja de obsidiana; adornaba su rostro con círculos rojos, orejeras de oro y nariguera en forma de media luna, y de su nariz pendía una argolla en forma de cola de golondrina. Cuatro cordones anudados en la nuca sostenían su máscara, con los párpados entrecerrados como de muerto. En las manos, cubiertas de costras, manchas y granos, portaba un escudo con flechas y un pájaro azul. En la vestimenta atada a la espalda se percibía la incisión por donde el corazón del cautivo había sido extraído y, debajo de su falda de hojas se notaba la ausencia de pene, como si se lo hubiesen cortado.

De "la Montañuela que habla" bajaban los xipemime con ofrendas de codornices rojas, las gallináceas del Inframundo, las cuales, poniendo en el zacate huevos rotos, emitían un trémulo *cuir-cuir* presintiendo su muerte. Los personificadores lanzaban cuchillos al aire, pedían comida y limosna y, habiendo llevado puesta durante veinte días la piel de un sacrificado, la arrojaban seca y podrida en un agujero.

Cocinados los corruptos, de los que sólo quedaban dientes y uñas, el cocinero con guantes de látex y gorro blanco, con cara de caníbal que quiere devorarse a sí mismo, vaciando en el cazo de cobre costales de sosa cáustica, piernas y corazones, tarareaba:

Aliméntate, señor, de las carnes del hombre.
Vístete señor con su ropaje de oro.
Una tuna es su corazón.
Cómela.

Se ponía el sol cuando José y Pek llegaron al paso de la muerte de obsidiana. En un bloque de hielo estaba atrapado un pavo negro, mientras con agua de nieve se bañaban dos mujeres desnudas, las cuales eran espiadas desde un peñasco por un corcovado albino.

—Mensajero del cuervo —el pavo insultó al corcovado cuando el hielo se partió y recobró su forma humana; se sacudió los cristales helados y estiró los brazos—. Traidor, te mandé indagar quiénes eran las mujeres y no volviste.

—¡Tezcatlipoca! —el corcovado se echó a correr.

El dios del Espejo Humeante lo miró huir por el agujero en su mano izquierda. Con pasos de borracho, pretendió perseguirlo. Llamado también El Invisible, su cuerpo estaba cubierto de oro negro. Llevaba ocho cuerdas atadas al pecho, un collar de caracoles y conchas, sandalias negras, cascabeles en los pies y un abanico de plumas que semejaba un espejo. Pek se orinaba de miedo.

—Tezcatlipoca —José estaba como petrificado delante de ese dios con fama de embaucador y de intrigante, que provocaba guerras y discordias, espantaba de noche y chupaba a los niños, tenía la capacidad de leer los pensamientos y descubrir los secretos del corazón, hacerse transparente y transformarse en muchos y en ninguno. "El Oscuro", "El Nocturno", que antaño había presidido sobre el "sol de tierra" triunfando sobre Quetzalcóatl, el "sol del viento"; tenía cerca de ochenta nombres, entre los que figuraban Youalli Ehécatl, "viento de la noche", Nacac Yaotl, enemigo de ambos bandos, Tepeyollotl, "corazón de la montaña", "jaguar nocturno".

—Si no contestas los acertijos te ahogarás en el Río de la Muerte —el hechicero caminó a su lado como una sombra haciendo jugar sobre su cabeza los tezcatontli, los pequeños espejos negros.

—Si gano, ¿veré de nuevo a Alis?

—Adivinanza, adivinanza, venga por donde venga, bájame el calzón y lame lo que tengo. Adivina adivinador.

—El mango —respondió José a las sandalias negras, lo único que veía.

—Adivinaza, adivinanza: ¿Un hombrecito que nace blanquito, crece verde y muere rojo? —Tezcatlipoca andaba como un pavo con pico y patas de gallo. El guajolote abrió las plumas mostrando su "preciosidad".

—El chile.

—Adivinanza, adivinanza: ¿En las flores hay cantores de boca amarilla?

—Las abejas.

—Adivinanza, adivinanza: ¿En la playa todas las mañanas celebran misa los obispos de la carroña? Acierta acertador este acertijo.

—Los zopilotes.

—Adivinanza, adivinanza: Sobre un monte negro hay un gavilán dorado que se está poniendo.

—El sol.

—En tu camino hay un recuerdo colorido, si no lo ves lo olerás.

—La caca de perro.

Tezcatlipoca lo miró a través de las rayas negras de su cara. Sus cascabeles repercutían en las paredes negras. De su cabello de pedernales emergían los espejos usados en nigromancia.

—Adivinanza, adivinanza: ¿En un pozo hay fuertes truenos?

—El ano.

El dios negro, con su gorro de hechicero, cambiaba de lugar, se posaba en un árbol como un zopilote rey, calvo, la cara encuerada, la cabeza roja como verruga, el pico ensangrentado.

—Adivinanza, adivinanza: ¿Un hombrecito se mete al fuego y no se quema, se mete en el agua y no se moja? —el dios del espejo humeante se transformaba en jaguar.

—Tezcatlipoca.

—No, la sombra. Te equivocaste, eres un derrotado, una nada, un agujero en mi mano.

—Otra oportunidad.

—Adivinanza, adivinanza: ¿Frente a ti se acorta, a tus espaldas se alarga?

—¡El camino! —gritó José como si se hallara lejos.

—No necesitas gritar, aquí estoy —el dios cambiaba de manos el espejo humeante como un malabarista—. Has acertado.

—¿Qué música es esa? —José escuchó sonidos de caracoles y tambores.

—Son las alegradoras del México antiguo camino de su noche.

—Y esa luz de pluma blanca, ¿qué es?

—Una flor sobre una roca. Cuando veas los ojos solares de Balam y oigas el aullido del mono, ojos y aullido estarán sólo en tu imaginación.

—Y cuando los Tezcatlipocas desaparezcan, ¿qué?

—El jaguar y el mono se desvanecerán. Creerás que lo que viste fue un embuste del Señor del Tiempo y aquel que miró tu condición cadavérica también fue una ilusión. Adiós, poca cosa —el dios del Espejo Humeante se camufló con las paredes negras. Un letrero sobre un palo, decía:

MICTLAMPA HACIA EL INFIERNO POR EL NORTE

Apareció un disco negro semejante al sol, pero no era el sol. Volaban aves, pero no eran aves, de las profundidades de un volcán una figura negra de alas membranosas salió danzando. Era Tzotz. El tótem de los tzotziles, el Señor Murciélago, metiéndose en un cacto muerto se dejó caer por dentro como en picada.

Era la hora de los murciélagos, la tierra los eruptaba, del fondo de un cráter salían millones buscando salidas, batiendo el aire, estrellándose contra las rocas, emitiendo llamadas de ecolocación, chillando *tzotz-tzotz-tzotz*. Como un remolino vivo, murciélagos orejas de ratón sonorizaban el espacio con sus llamadas emitidas continuamente. Otros oscurecían la noche, brotaban a torrentes, se paraban sobre sus hombros, lo miraban a los ojos desde su pecho, o se dirigían a la Casa de los Murciélagos, uno de los lugares de tormento del Mictlán.

José andaba entre columnas blancuzcas arraigadas al suelo y desvanecidas en el techo; sus pies se hundían en el guano depositado por generaciones de quirópteros. A lo lejos oía el sonido del agua que goteaba cuando se dio cuenta que miles de ojos lo miraban colgados del techo de la caverna como bolsas con alas membranosas. Los murciélagos frugívoros habían estado durmiendo todo el día y ahora despertaban. Él estaba observándolos cuando, parado al borde de un abismo cilíndrico, sintió que la negrura lo atraía como si fuese física, como si los brazos de la segunda muerte lo jalaran hacia abajo. Temeroso de la rabia que transmitían los murciélagos hematófagos, que tanto temió de niño, lanzó golpes al vacío para ahuyentar a los "murciélago-muerte", "mariposa de carne", "animal que despedaza", mientras el murciélago de grandes orejas *Macrotus waterhousii mexicanus* estaba a punto de volar.

En su vuelo frenético, levantando las esporas de las heces, pasaban murciélagos bigotudos, murciélagos de las tumbas, murciélagos de nariz larga, murciélagos con nombres latinos como *Centurio Senex* y *Vampyrum spectrum*, murciélagos chupadores de sangre, arrancadores de cabezas. El más persistente era uno que como un dedo negro le rozaba la cara una y otra vez. No podía definir su forma, hasta que lo vio correr de una pared a otra parecido a una alucinación sobre el guano, a una sombra remontando el vuelo. Hasta que chillando en las tinieblas, con un tocado en forma de sombrero, se aventó sobre Pek. Pero José levantó la piedra de la entrada de la caverna y el Señor Murciélago chocó con la luz como contra un escudo.

Comenzó una lluvia de cenizas. El brazo de un dios desconocido colgaba de un dintel derruido como abandonado por su propietario. Una escalera de piedra con los peldaños rotos de repente se interrumpía como si desapareciera en la punta. Entre palmeras y cocoteros secos aparecieron sandalias que habían sido blancas y, por su tamaño, había calzado una bailarina de pies pequeños. Una calavera con cuencas como anteojeras y dentadura podrida tenía esgrafiada en la frente una petición:

Soy Miguel Mictecacíhuatl, un Ave María y un Padre Nuestro por Dios, hermano, unos aquí, otros allá, todos somos pasajeros del juicio final.

Otra calavera decía:

Alto mortal, soy Mariquetzal,
mírate en mi espejo,
y en su pálido reflejo
halla tu propio final.

37. El Mictlán

José cruzó el umbral del Mictlán, un rectángulo cerrado con hileras de palos caídos. Camuflada con la oscuridad estaba una puerta de piedra y detrás de ella, una ancha abertura. Sentado en una silla hecha de huesos cruzados, sangre seca y hierbas marchitas, aparecía el trono del señor de los muertos. Pero el lugar del espanto, el más profundo de los niveles del Inframundo, al que convergían los difuntos, no sobrecogió a José. Mictlantecuhtli y Mictecacíhuatl no estaban allí. O si estaban él no los veía, porque eran insustanciales, invisibles. Así que cuando las deidades del reino de los descarnados se le apersonaron no vio en sus esqueletos negros con garras de águila el horror temido, sino un inmenso vacío. Y cuando el Señor de los Muertos tocó su caracol perforado por gusanos a José le sonó a hueco, como un hoyo en una calle o un eco en el pecho de un muerto. Su tilma y su faldellín de hojas de malinalli, donde anidaban arañas y murciélagos, le impresionaron más que su cara-calavera, sus dientes mitad blancos mitad rojo sangre, su tórax esquelético y su nariz picuda como cuchillo ensangrentado a la mitad. Sus huesos blancos estaban manchados de amarillo punteado de rojos; sus orejeras eran tiras de algodón sin hilar. Su cuerpo le pareció una caja vacía por la que pasaba toda oscuridad.

Al verlo, José se acordó de que en el Templo Mayor el apestoso Señor de la Muerte tenía una capilla llamada tlalxico, "en el vientre de la tierra", de modo que no era extraño que tuviera el cuerpo color tierra, los huesos amarillentos, los ojos —medio blancos medio sanguinolentos sombreados de verde— bailándole en las cuencas. El miembro le salía de entre las piernas como una rama seca. Tanto su vida pasada en el Supramundo como los ocho niveles del Inframundo ahora le parecían un sueño. Sueño el paso del agua, sueño el lugar de las montañas que se juntan, la montaña de navajas, el lugar del viento de obsidiana, el lugar donde hay mucho ruido, el lugar donde la gente es flechada, el lugar donde se come el corazón de la gente y el lugar de la muerte de obsidiana, todo sueño; y la tierra donde había amado y sufrido, geografía sobrenatural, un planeta desconocido sin infierno ni paraíso, un espacio flotante donde el Supramundo y el Inframundo eran inseparables. Y hasta llegó a pensar que el vasto laberinto en el que se había perdido estaba dentro de él.

Los nombres con que los mitólogos describían al Señor de los muertos los consideró baladíes, más un juego lingüístico que una nomenclatura del terror: Yxpuzteteque, "El diablo cojo que aparece en las calles con pies de gallo"; Nexoxoche, "El que vomita sangre"; Nextepeua, "El esparcidor de la ceniza"; Micapetlazolli, "El petate viejo de los muertos"; Itzcactli, "El sandalias de obsidiana", y Tzontemoc, "El que baja de cabeza". De manera que más que con los espantos del mundo subterráneo, sus descripciones tenían que ver con el mundo abolido de la vida cotidiana.

Lo sacó de su abismo el retorno de Mictlantecuhtli, con su pelo crespo adornado con papeles, banderas y plumas de lechuza, y con el corazón humano en el pecho. No estaba ausente la araña, su insignia favorita, la cual comunicaba el cielo con la tierra y por sus hilos bajaban los dioses del Occidente, los monstruos del crepúsculo, los tzitzimitl.

Hambriento crónico, Mictlantecuhtli vivía de la materia muerta, comía espíritus magros, corazones de ciervos, mordisqueaba con saña a los que dudaban de su existencia. Tragaba todo: insectos, aves, roedores, basura, sangre, alientos vitales, banderolas de papel con que adornaban los bultos mortuorios destinados a la incineración. Hasta que, harto de devorar sin retener, ganoso de ver su imagen, pegó el rostro en un espejo negro, el cual reflejó nada.

Desanimado, se fue arrastrando los pies, cuando su cuerpo, vigorizado por haberse tragado el espíritu del Señor de la Frontera, que había caído al Inframundo con el cuerpo partido a la mitad por el hachazo de un rival, se desplazó a zancadas y se metió en una encrucijada desde la cual habló con la voz de una lechuza.

Exhausto del viaje por el Inframundo, José se acostó en una zanja sobre polvo negro, hasta que unos dedos huesudos arañaron su cara. Mictecacíhuatl, la del cuadrante rojo pintado en el rostro, la del tecolote en el pecho, la de las caderas adornadas con huesos humanos, la de los pies manchados de barro negro, la de la lengua de fuera, la descalza, la desorbitada, la mujer que se ocupaba de los muertos lo estaba observando desnuda de la cintura para arriba sin decidirse a devorarlo o copularlo. Su aliento olía a herrumbre, sus entrañas a pescado podrido. En su esqueleto anidaban arañas. En sus chiches marchitas, alacranes emperadores. Una tarántula de rodillas rojas, camuflada con su vientre, acechaba a los recién llegados para ensartarles los pelos afilados de su abdomen. Un ciempiés iba de su nuca al huipil deshecho. José extendió la mano para saludarla y la diosa helada sacó sus dedos descarnados a través de un blusón sin mangas.

Frente a la Boca de la Casa, la puerta de obsidiana negra, entró a sí mismo como si entrara a la boca de un monstruo de intenciones desconocidas. Entonces se dio cuenta de que era impalpable y su rostro carecía de facciones, que había llegado el momento de ofrecer al señor del Mictlán los tributos para pagar los pasos de su jornada: papeles, piedras de jade, su camisa desteñida, sus sandalias de suela transparente y pedazos de chocolate, porque los dioses de la Muerte eran golosos.

—Ven acá, viejuco, mira esto —ladró un Xólotl jadeante.

—¿Viejujo? ¿Viejurgo? —preguntó él

—No, viejolo —el dios canino con las orejas más puntiagudas, los ojos más profundos, los colmillos más sarrosos, la lengua más aguzada que en la tierra, lo miró con familiaridad.

—Qué bonito es el mundo, lástima que ya esté muerta —pasó tarareando la mujer más fea del Inframundo, la cual no era una mujer, sino la diosa vieja con cola de escorpión azul. Iba pateando la cabeza de Lucas.

—Eh, José, hermano —creyó que le dijo el decapitado al caer su calavera al suelo. Su grito mudo, él lo oyó perfectamente. Mas, sacudido por contracciones espasmódicas, Lucas abría y cerraba los párpados y los labios tratando de clavar en él una "mirada viva", desesperada, hasta que cerró los ojos, vencido por una modorra interior.

José quiso acercarse a su cabeza, pero, amenazante, la diosa vieja con cola de escorpión levantó la cola azulina y abrió las pinzas como si fuera a abrazarlo. José retrocedió y la alacrana, llevándose la cabeza de Lucas por delante, se ocultó debajo de una piedra. En ese momento, José se dio cuenta de que Pek no lo acompañaba, se había desvanecido o quedado atrás.

Bbbbbrrrrr-bbbbrrrrr —en la penumbra se oyó a alguien tiritar de frío o de miedo o de desolación.

Era Moctezuma Xocoyotzin, con su largo cabello sobre los hombros blanquísimo, otrora negro, y su cuerpo de pocas carnes como derrumbado en su propia oscuridad. En su rostro color de loro, sus ojeras parecían los surcos de una persona que nunca duerme, como si el insomnio que le había comenzado en los últimos días de su reinado le durara más allá de la tumba. "Qué pesadilla", se dijo José al ver sus ojos más negros que nunca, "estar despierto en lo que el vulgo llama sueño eterno. Qué ganas me dan de hacerle un obituario y difundirlo en el espacio virtual. Pero mi necrológica terminaría con una pregunta: '¿Habrá sido Moctezuma gay?' ¿Por eso Orteguilla, el soldado que Cortés le dio, lo había infatuado? ¿Por eso el pueblo, enardecido por la matanza en el Templo Mayor, le había gritado puto?".

Vestido con los harapos de los imperios que se colapsan, el difunto emperador de México lucía su tilma de huesos. Parecía estar oyendo él solo el ruido de los imperios que se derrumban, no estrepitosamente, sino bajo un manto de silencio y de olvido, que ni siquiera son mantos, sino nada.

Al tlatoani del Supramundo, a quien para hablarle tenían que llamarlo antes "Señor, mi señor, mi gran señor", ahora de nada le valían los penachos, los petos de turquesas y las perlas colgando de hilos deshilados sobre sus piernas descarnadas. Al verlo, José pensó que su reinado había sido una larga borrachera cuya resaca le duraría una eternidad. Habitante perpetuo de la Casa de lo Negro, replicada en el Inframundo, lo abrumaban las ilusiones de Tezcatlipoca, el dios que lo hacía ver como reales los palacios de Tenochtitlan y los sacrificados en el Templo Mayor.

El tlatoani, en su trono de huesos, intentaba mantener su dignidad de monarca espectral, indiferente a la ventriloquia del Hombre Tecolote, el *Bubo virginianus*, quien posado en un árbol seco ululaba un profundo, resonante ju, ju-ú, ju, ju-ú con el pico cerrado. Moctezuma tampoco prestaba atención al sacerdote con pintura facial negra y cuerpo comido por los gusanos que rociaba su fantasma con un hisopo. Detrás de él estaba Mictecacíhuatl mordiéndose la uña de un pie.

—Sabemos para qué sirve la vida, pero no para qué sirve la muerte —gritó José a Mictlantecuhtli, que iba pisando fémures, vértebras, costillas, omóplatos, clavículas, máscaras bucales y falanges de manos y pies igual que si caminara sobre pedazos de vidrio.

El Señor de los Muertos lo midió de arriba abajo con ojos que le bailaban en las cuencas, la boca abierta en risa muda. Semejante a un pelele de piernas y brazos articulados, seguido por un séquito de espectros de rostro arrugado y encías peladas, a saltos se metió en una caverna para buscar su imagen en los espejos negros. Pero como los espejos sólo reflejaron muros negros, no su imagen, con dedo descarnado escribió con uña negra, apenas legible, la palabra Nada.

—Tú, el desorejado, dime: En el lugar donde el humo ya no sale de la brasa, ¿hay amor? —lo interrogó José.

Mictlantecuhtli, con el timbre de voz del hombre de la laringe artificial, profirió el nombre de Mictecacíhuatl, el nombre de la sombra. Y la Señora de los Muertos, sin labios y sin lengua, entre accesos de tos repitió su propio nombre mientras de la boca desdentada de Mictlantecuhtli pasaba a su boca el chorro de sangre de un corazón ajeno, un chorro que ambos inútilmente se esforzaban en retener. Mas sin poder reanimarse, ella, a trancas y barrancas, con el pelo enmarañado, levantó sus manos inertes como de diabético, y con movimientos impacientes echó a andar salpicando con los pies las aguas estancadas, mientras los cascabeles y las calaveras en sus tobillos y su cintura se movían de un lado para otro. Hasta que con expresión feroz, en un trance de destrucción, empezó a aventar huesos a derecha e izquierda.

—José —profirió una voz débil.

—Alis —profirió él, dudando si la efigie que se transparentaba delante era la persona amada o una ilusión del dios del Espejo Humeante.

—Soy yo, las lluvias y los vientos me han desmoronado, mi estancia aquí me ha desanimado, ¿no me reconoces?

—Te reconozco. Han pasado tantas cosas desde la última vez que nos vimos.

—Tengo recuerdos vagos de mí misma, como cuando se sueña en una vida anterior. No me gustan los lugares fríos, la humedad me hace daño.

—Todo es como un sueño, el Supramundo y el Inframundo, nuestros cuerpos, los caminos del Xibalbá y el Mictlán que confluyen en el abismo, todo es como un sueño de otro. Niego mi ego —decía él mientras se le desprendían las manos, los pies, la nariz, los genitales, y en su lugar quedaba el vacío.

38. El Árbol del Mundo

José se soñó en otro cuerpo. Se vio con manos y rostros diferentes a los suyos. Soñó que andaba con otros pies, aunque seguía siendo él mismo. Con los tlaloques y los chaques, dioses de la lluvia, se miró sentado a la sombra del árbol rojo del Este, del árbol blanco del Norte, del árbol negro del Oeste, del árbol amarillo del Sur, y del árbol del centro, el yolcab, que sale del corazón de la tierra. A sus pies estaba Pek rodeado de cachorros xoloitzcuintle, como si su hembra hubiese parido en una tumba perros de color bermejo, perros blancos con manchas negras, perros de piel suave manchada de leonado y azul, y perros con los dientes afilados al fuego.

Las grandes ceibas, pesadas de frutos, representaban las maderas elevadas al cielo. Sus troncos cubiertos con collares de jade y adornados con flores, como si fuesen seres vivos, revestidos de espejos reflejaban las imágenes de millones de árboles vivos que surgían de una oscuridad más brillante que la aurora. Mientras, el disco del Sol futuro podía percibirse a través de los densos ramajes como gestándose en una placenta humana.

Árboles variados crecían entre los muros derruidos y los techos colapsados de los templos en ruinas. Raíces poderosas circundaban las piedras esculpidas y levantaban pisos, atravesaban ventanas y puertas de construcciones cuya edad sólo se podía inferir por el estado del bosque. Junto a una Alis transparente, José se sentía pequeño e insignificante, casi nada, cuando una extraña brisa comenzó a moverse dentro y fuera de él tratando de animar su corazón. Y así se mantuvo hasta que rompió el día.

Entonces, al fondo de un sendero divisó una ceiba, un templo vivo. El árbol sagrado, tan antiguo como nuevo, podría tener dos o mil años. Una miríada de espejos cubría sus tres niveles reflejando las imágenes de los signos de los días: el Lagarto, el Viento, la Casa, la Lagartija, la Serpiente, la Muerte, el Venado, el Conejo, el Agua, el Perro, el Mono, la Hierba, la Caña, el Jaguar, el Águila, el Zopilote, el Movimiento, el Pedernal, la Lluvia y la Flor. Sus tres raíces regadas con agua virgen de tres montañas vírgenes tocaban la morada de los espíritus del Mictlán y del Xibalbá, formando bajo tierra un triángulo arraigado en el mito.

El tronco del árbol era tan ancho que la mirada no podía abarcarlo. Su altura tan extraordinaria que la fantasía no podía mensurarla. La circunferencia de su follaje, que se extendía kilómetros y kilómetros a la redonda, daba una sombra magnífica. Y su cuerpo entero, como un organismo vivo, parecía palpitar.

Era el Wakah-Chan, el Enjoyado, el Espejeado, el Alzado al Cielo, el Árbol del Mundo, el Árbol Sagrado de los Mayas. Conocido como Ceiba, yaxché, estaba vivo en sus nombres, era el árbol que el rayo respetaba y que el huracán no desgajaba, la morada de las deidades de la selva y de los antepasados. Al mismo tiempo que emergía de la cabeza del dios Chac-Xib-Chac, la Estrella de la Tarde, brotaba de las entrañas de la tierra.

Los ramajes de la Ceiba eran laberintos verdes y abrigos de hojas de una Divinidad escondida. Y mientras miríadas de flores blancas como almas nacían, la vida profunda se expandía por las cuatro direcciones del espacio y el tiempo.

La Ceiba Virgen, la Ceiba Madre, la Ceiba Macho-hembra, la Ceiba Misteriosa, la Primera Ceiba allí nacía, crecía, conectaba lo finito con lo infinito, el Inframundo con el Supramundo y el cielo viviente. El Árbol Milenario allí desarrollaba su ciclo de vida y muerte, unía seres y sombras, planetas y criaturas microscópicas, sueños y ríos, montañas y nubes, lo efímero y lo duradero, lo mensurable y lo inmensurable. Su límite, el Sol.

Entonces, como si José y Alis se encontraran a la vez en un sueño propio y ajeno, se vieron a sí mismos en la punta del árbol en forma de pájaros con las alas encendidas. José tenía la impresión de que después de haber recorrido el Supramundo y el Inframundo de alguna forma lo andarían de nuevo, una y otra vez, sin fin.

Rrrraaaa-rrrreeeek, se oyó la voz áspera, estridente, aguda de Itzam-Yeh, Siete-Guacamaya, parado en el Árbol del Mundo, la Ceiba que crecía en el Inframundo y se veía en el cielo con su cara blanca y sus alas de colores rojos, verdes y amarillos. Entonces, las nubes estelares que formaron la Vía Láctea fueron vistas sobre el Árbol de la Vida, donde toda vida brotó y el Pájaro Principal cantó, y donde el Sol sus rayos dorados y el Azul Maya esparció. Y el Pájaro Mítico, el Pájaro de la Luz, respondió: *Rrrraaaa-rrrreeeek*.

Índice

Alfaguara es un sello editorial del Grupo Santillana

www.alfaguara.com.mx

Argentina
www.alfaguara.com/ar
Av. Leandro N. Alem, 720
C 1001 AAP Buenos Aires
Tel. (54 11) 41 19 50 00
Fax (54 11) 41 19 50 21

Bolivia
www.alfaguara.com/bo
Calacoto, calle 13 nº 8078
La Paz
Tel. (591 2) 279 22 78
Fax (591 2) 277 10 56

Chile
www.alfaguara.com/cl
Dr. Aníbal Ariztía, 1444
Providencia
Santiago de Chile
Tel. (56 2) 384 30 00
Fax (56 2) 384 30 60

Colombia
www.alfaguara.com/co
Calle 80, nº 9 - 69
Bogotá
Tel. y fax (57 1) 639 60 00

Costa Rica
www.alfaguara.com/cas
La Uruca
Del Edificio de Aviación Civil 200 metros
    Oeste
San José de Costa Rica
Tel. (506) 22 20 42 42 y 25 20 05 05
Fax (506) 22 20 13 20

Ecuador
www.alfaguara.com/ec
Avda. Eloy Alfaro, N 33-347 y Avda. 6 de
    Diciembre
Quito
Tel. (593 2) 244 66 56
Fax (593 2) 244 87 91

El Salvador
www.alfaguara.com/can
Siemens, 51
Zona Industrial Santa Elena
Antiguo Cuscatlán - La Libertad
Tel. (503) 2 505 89 y 2 289 89 20
Fax (503) 2 278 60 66

España
www.alfaguara.com/es
Torrelaguna, 60
28043 Madrid
Tel. (34 91) 744 90 60
Fax (34 91) 744 92 24

Estados Unidos
www.alfaguara.com/us
2023 N.W. 84th Avenue
Miami, FL 33122
Tel. (1 305) 591 95 22 y 591 22 32
Fax (1 305) 591 91 45

Guatemala
www.alfaguara.com/can
7ª Avda. 11-11
Zona nº 9
Guatemala CA
Tel. (502) 24 29 43 00
Fax (502) 24 29 43 03

Honduras
www.alfaguara.com/can
Colonia Tepeyac Contigua a Banco
    Cuscatlán
Frente Iglesia Adventista del Séptimo Día,
    Casa 1626
Boulevard Juan Pablo Segundo
Tegucigalpa, M. D. C.
Tel. (504) 239 98 84

México
www.alfaguara.com/mx
Av. Río Mixcoac 274
Colonia Acacías
03240 México D.F.
Tel. (52 5) 554 20 75 30
Fax (52 5) 556 01 10 67

Panamá
www.alfaguara.com/cas
Vía Transísmica, Urb. Industrial Orillac,
Calle segunda, local 9
Ciudad de Panamá
Tel. (507) 261 29 95

Paraguay
www.alfaguara.com/py
Avda. Venezuela, 276,
entre Mariscal López y España
Asunción
Tel./fax (595 21) 213 294 y 214 983

Perú
www.alfaguara.com/pe
Avda. Primavera 2160
Santiago de Surco
Lima 33
Tel. (51 1) 313 40 00
Fax (51 1) 313 40 01

Puerto Rico
www.alfaguara.com/mx
Avda. Roosevelt, 1506
Guaynabo 00968
Tel. (1 787) 781 98 00
Fax (1 787) 783 12 62

República Dominicana
www.alfaguara.com/do
Juan Sánchez Ramírez, 9
Gazcue
Santo Domingo R.D.
Tel. (1809) 682 13 82
Fax (1809) 689 10 22

Uruguay
www.alfaguara.com/uy
Juan Manuel Blanes 1132
11200 Montevideo
Tel. (598 2) 410 73 42
Fax (598 2) 410 86 83

Venezuela
www.alfaguara.com/ve
Avda. Rómulo Gallegos
Edificio Zulia, 1º
Boleita Norte
Caracas
Tel. (58 212) 235 30 33
Fax (58 212) 239 10 51

Esta obra se terminó de imprimir en febrero de 2012
en los talleres de Litográfica Ingramex, S.A. de C.V.
Centeno 162-1, Col. Granjas Esmeralda,
C.P. 09810, México, D.F.